まほろばの鳥居をくぐる者は

芦原瑞祥

装画／遠田志帆
装丁／bookwall

目次

第一章……005
第二章……098
第三章……168
第四章……210

第一章

地面に、女の子が生えている。

小学六年生の柏木宮子《かしわぎみやこ》は目を疑った。驚きのあまり、両手に持った筆洗いバケツや絵の具箱、上履《うわば》き入れを落としそうになる。

――え？　どういうこと？

夏の暑さで幻《まぼろし》を見たのかと思ったが、地面から出ているのは確かに女の子の上半身だ。後ろで結んだウエストのリボンがかろうじて出ているが、下半身は土に隠れて見えない。なんとか抜け出したいらしく、両手で踏ん張りながら、背筋を伸ばしたり縮めたりしてもがいている。

気配を感じたのか、女の子が上半身をひねってこちらを向いた。ポニーテールの髪が、しっぽのように宙を跳ねる。

目袋《めぶくろ》がふくらんで腫《は》れぼったい目と視線が合った。年齢は、宮子より少し上の中学一年生くらいだろうか。

「ねえ」

女の子の大きな口が動く。カラーリップでも塗っているのか、赤さが際立《きわだ》っている。

その声は、絶え間ない蟬《せみ》の鳴き声に搔《か》き消《け》されることなく宮子の耳に届いた。

「え……私？」

あたりを見回して、他に誰もいないことを確認する。女の子が、こくん、とうなずいた。

「ちゃんと見えてるんでしょ？」

それなのに、どうして助けてくれないのよ。

そう非難しているに違いない。たぶん、いじめっ子にやられたのだろう。

「ごめんなさい、すぐ」

宮子は、空き地の四方を囲むロープをくぐって、中に入ろうとした。

「待って！」

女の子が鋭い声で制する。

「先に、そのロープを切って」

切ってと言われても、ハサミで縄は切れないだろう。

「ちょっと待っててください。今ほどきます」

宮子は荷物を地面に置いて、肩くらいの高さにある結び目をほどきにかかった。

手元が見えやすいように、自分の体で太陽をさえぎって影を作る。固い結び目は、爪で引っかき出そうとしてもびくともしない。帽子をかぶっていても、日光の熱さで頭がじりじりし、汗が目に入って沁《し》みる。

よく考えたら、ロープを切ってもあの子を助けることにはならないのに、なぜだろう？

「早くして。苦しぃ！」

「ごめんなさい！　あと少し……」

引っかきすぎて、爪が剝《は》がれそうに痛む。これでは埒《らち》があかない。

宮子は、絵の具箱から細い絵筆を取り出した。結び目の隙間に筆を差し込み、ぎちぎちと揺すって動かす。広がった穴を引っ張ると、ようやくロープがほどけた。

両端がぱたりと落ちる。

宮子と女の子は、同時にため息をついた。

「ああ、助かったぁ〜」

心底嬉《うれ》しそうな声に宮子が顔をあげると、立ち上がった女の子が大きく伸びをしている。

さっきまで下半身を埋められていたはずなのに。

「え、いつの間に？」

よく見ると、女の子が埋まっていたところには穴が開いていて、子ども一人が入るくらいの壺《つぼ》があった。あの中に下半身がはまって、抜けなくなってしまったのだろう。

「自力で出られたんですか。よかったですね」

宮子も軽く伸びをする。暑さのせいか、軽いめまいがした。

「ううん、あんたがロープをほどいてくれたから。あんた、強いんだね。ありがと」

なんだかよくわからないけれど、自分は役に立ったらしい。

「大丈夫ですか？　怪我《けが》とかしてません？」

「ため口でいいって。あたしは水野沙耶《みずのさや》。小六で、東京《とうきょう》の学校に通ってるの。奈良《なら》には、夏休みの間だけ来てるんだ」

「どうりで発音が違うと思った。あ、私も六年生で、柏木宮子です。この先の三諸教本院《みむろきょうほんいん》って神社に住んでます」

同い年なのに大人っぽい雰囲気に気後れして、ですます口調になってしまう。

「宮子、か。まさに神社の子って名前だね。あたしのことは沙耶って呼んでよ。こっちに友達いないから、仲良くなりたいな」

そう言って沙耶は、外国の女優を思わせる大きな口元に、はにかんだような笑窪《えくぼ》を作って微笑《ほほえ》んだ。やはり都会の子は品がある。歯どころか喉《のど》の奥まで見せて無防備に笑うクラスの子たちとは、全然違う。

沙耶は身体《からだ》の発育もいいらしく、水色のワンピースの胸元が風で押されるたびに、うっすらと二つの突起が浮かび上がる。見ている方が恥ずかしくなって、宮子はうつむいた。自身の体つきはのっぺりとして、まだまだブラジャーなど必要なさそうだ。

「ありがとうございい……じゃない。ありがと。私も、仲良くしたい。その……沙耶と」

初対面の相手になれなれしい口をきくのは、居心地が悪い。特に「名前には呪力があるから、敬意を持って扱いなさい」という父の教えからすると、呼び捨ては抵抗がある。

指先をもぞもぞさせていると、沙耶が笑い出した。

「宮子、すっごいキョドってる。目を合わそうとしないし、体揺れてるし。呼び捨ては慣れてない？　じゃ、サーヤって呼んでよ。あだ名なら、気にならないでしょ」

「サーヤ……。ロシア人みたいで、かっこいい！　うん、そうする」

二人の間だけの特別な呼び名が嬉《うれ》しくて、自然と普通の口調になれた。呼応するように沙耶が笑う。大人びているのは外見だけで、中身はさっぱりしていそうだ。早熟な子はなんとなく怖い、というのは自分の偏見《へんけん》だろう。

まつ毛まで流れてきた汗を拭こうと、宮子はハンカチを取り出した。ずっと日向《ひなた》にいるから、暑くて仕方がない。

「サーヤも暑いでしょ。よかったら、うちへ遊びに来る？　何か冷たい飲み物でも出すよ。うるさい妹がいるけど、気にしなくていいから」

沙耶は帽子もかぶっていないのに、汗ひとつかかず平然としている。

「ふうん、宮子は妹がいるんだ」

「サーヤは、きょうだいは？」

「いない。一人っ子なんだ」

風が吹き、隣の家の庭木がざわざわと音を立てる。

「……せっかくだけど、今日はやめておくわ。そろそろ帰らなきゃ」

「え、もう?」

思わずそう言ってしまったが、沙耶はさっきまで下半身を埋められていたのだ。早くシャワーで汗を流したいのかもしれない。

「そうだね。寄り道せずにまっすぐ帰らなきゃ、だね」

受けを狙ったつもりはないのに、沙耶は大声で笑い出した。

「ハハ、宮子は真面目だねー。この辺っていまだに小学校も制服なのかぁ。宮子の真面目がエスカレートするわけだ。その分じゃ、一人で校区外に出たこともないんでしょ」

「そ、そんなことないよ」

「じゃあ、明日から夏休みだし、一緒にどっか行こうよ。いいとこ知らない?」

宮子にも、行ってみたいところはある。隣の市にあるショッピングモール、サファイアタウンだ。

親に連れていってもらった子たちが自慢しているのを漏れ聞いたところによると、いろいろなお店や映画館が入っているらしい。父が神社を留守にできることはめったにないから、もちろん行ったことはないのだけれど。

「このあたりだと、サファイアタウンかな。かわいいものとか珍しいものを売ってるお店がいっぱい集まったところなんだって。私も行ってみたいけど、隣の市だし……」

「おもしろそう！　そこに決定！」

宮子の言葉を、沙耶がさえぎる。

「え、でも……」

「校区外に子どもだけで行くなんて先生に怒られる？　親に言えない？　万引きするわけじゃないし、何が悪いの？　宮子だって、行ってみたいんでしょ？」

「うん、でも……」

うつむいて口ごもる宮子を押し切るように、沙耶が鶴《つる》の一声《ひとこえ》を発した。

「決まり！　明日の一時に、ここで待ち合わせね。制服なんか着てきちゃダメだよ！」

ちょっと待って、と顔をあげると、沙耶はもういなかった。

道路に走り寄って両端を見渡したけれど、誰もいない。やっぱり今までのことは幻だったのかもと思ったけれど、沙耶の華やかな笑顔はしっかりと宮子の頭に焼きついている。

走って帰っちゃったのか、実はトイレに行きたいのを我慢してたのかも、などと思いながら、宮子は絵筆を絵の具箱にしまい、荷物を拾い上げた。

——明日、お父さんに何て言って出てこよう。子どもだけで校区外へ行くなんて言ったら反対されちゃうよね。でも嘘《うそ》はダメだしなぁ。絶対に嘘はつかないって、お父さんとの約束だし。言霊《ことだま》とかなんとかって。……それより明日の言い訳はどうしよう。

ごまかして出かけるのは後ろめたいが、宮子は少し、いやかなり嬉しかった。明日から夏休みだというのに、何の予定もなくて寂しかったのだ。

友達が欲しい、小学校最後の夏休みくらい友達と過ごしてみたい。そう考えていたら、沙耶と出会った。

偶然というより運命かもしれない。

そんなことを考えているうちに、一の鳥居の前に着いた。陽の光と風雨にさらされて黒ずんだ木製の明神鳥居《みょうじんとりい》は、毎日くぐっていてもそのたびに背筋がシャンとする。

宮子はていねいに一礼して中に入った。父や母がそうしていたからというより、俗界との第一の境界だと肌で感じられるから、自然とお辞儀《じぎ》をしてしまうのだ。

自宅は、父が奉職《ほうしょく》している三諸教本院の横にある。

神社は、太鼓《たいこ》をたたけば天井が震えるくらい古くて小さく、父が管長《かんちょう》として一人で切り盛りしている。普通、神社でいちばんえらい人は「宮司《ぐうじ》」というのだが、三諸教本院では「管長」という呼び名だ。アニメが好きな妹の鈴子《すずこ》は、この呼び方をとても気に入っている。どうやら「艦長《かんちょう》」だと思っているらしい。

申し訳程度だが鎮守《ちんじゅ》の杜《もり》があるので、参道は夏でも涼しい。鳥居の中に入るだけで、体感温度がまるで違う。

宮子は玉砂利《たまじゃり》を踏みしめながら、神社を囲う白塀《はくべい》の前まで来ると、二の鳥居にあたる神門《しんもん》の所でもう一度深々と礼をした。第二の境界であるここから先は境内《けいだい》、つまり神域だ。

裏手にある自宅用玄関へ回る前に、社務室にいる父に声をかけようとすると、下足場に地下足袋《じかたび》が二足あるのに気づいた。一足はかなり履き込んだもの、もう一足は小さめの新品だ。

そういえば今日から四泊五日間、行者《ぎょうじゃ》さんとそのお弟子さんが滞在する予定で、宮子は食事の世話を頼まれていたのだった。その二人がもう到着したのだろう。

行者の玄斎《げんさい》はよく三諸教本院を訪れるので、宮子も顔なじみだ。

あいさつしていった方がいいかな、と宮子は靴箱の脇に荷物を置き、靴を脱いで古木の段をあがった。引き戸の向こうから、父と玄斎の声がする。戸を隔てたすぐが応接室なので、声が丸聞こえだ。

「で、宮子君は問題なく過ごしていますかな?」

自分の名前が出たことに、どきりとする。戸にかけた手を引っ込めて、中の様子を窺《うかが》う。

「はい、おかげさまで」

「生まれつき見える者は、うまくコントロールできないと魔に惹《ひ》かれたり、精神的に不安定になったりするからのう。宮子君は田紀里《たぎり》さんに似たんじゃな」

田紀里とは、五年前に亡《な》くなった母の名前だ。

女性ではあるが、父と同じく神職だった。浅葱色《あさぎいろ》の袴《はかま》をはき、一日に何度も竹ぼうきで境内を掃いていた。

「お母さんも、巫女《みこ》さんみたいに緋袴《ひばかま》と千早《ちはや》を着て御神楽《おかぐら》を舞えばいいのに」と言ったことがある。凜《りん》とした雰囲気で整った顔立ちの母なら、巫女装束が似合うと思ったのだ。掃除のしすぎで、竹ぼうきが当たる指の付け根にタコができているのがかわいそう、という気持ちもあった。

しかし母は、「お母さんは巫女じゃなくて神職だから巫女舞はしないの。大神様のいらっしゃるところを清浄に保つことが、とても大事な仕事の一つなのよ。それに、境内や参道で掃除をしていると、お参りに来られたご近所の方とお話しができるでしょう。それも大切なことなの」と笑って言った。

口数は少ない方だったが、母は近所の人たちにとても慕われていて、いつも誰かしらが世間話をしに訪れていた。

そんな母は時おり「今日は、車に乗らない方がいいですよ」「刃物の取り扱いに気をつけて」などと相手に声をかけることがあった。「お腹《なか》を調べてもらった方がいいですよ」と言われた人が、検査で初期の癌《がん》が見つかったとお礼に来たこともある。

それ以来、「教木院の神主さんは御神託《ごしんたく》をくださる」と評判になった。

「あの方は、お姑《しゅうとめ》さんと気が合わなくてストレスが溜まっているし、少し偏食気味《へんしょくぎみ》だから、胃が弱ってると思っただけなんですよ」と母は言い訳をしていたが、宮子は知っている。

母は、普通の人には見えないものを見ることができたのだ。

応接室から、父の声が聞こえた。

「努力しても見る能力がつかなかった私には、羨《うらや》ましく思うこともあります。しかし、見えるゆえに妻も苦労をしましたので、宮子にはもう少しの間、このままでいさせてやりたいのです。……あんなこともありましたし」

声をかけそびれた宮子は、聞き耳を立てた。

「あんなこと」とは何だろう。特別な出来事があったなら覚えているはずなのに。

しばらくの沈黙の後、玄斎の声がした。

「境内にいる限りは安全じゃし、田紀里さんの形見も持たせている。とはいえ、そろそろ加持《かじ》も効きにくくなりますぞ。五年前お伝えしたように、心や体に変化があると、力を抑えるのが難しくなりますからな」

首からさげている翡翠《ひすい》の勾玉《まがたま》を、宮子はブラウスの上からそっと握った。母の形見だから肌身離さずつけるよう、父から言われている。

「しかし、宮子はまだ六年生ですし」

「もう、六年生ですぞ」

父の言葉を、玄斎がさえぎる。

「娘のことをいつまでも子どもだと思い込みたい気持ちもわからんでもないが、女の子は成長が早い。特に霊力のある子は思春期前後になると、自分の力を制御しきれずに心身を病みがちじゃ。なるべく早く、自分で自分の力に折り合いをつけられるようにしてあげた方がよいですぞ」

実は宮子にも、母と同じく「見る」力があった。

以前は母が、宮子の「力」を適度にコントロールしてくれていたけれど、母が亡《な》くなってからは、玄斎にお願いすることになったのだ。このままでは生きづらいだろうから、と。

もう五年ほど、宮子は定期的に加持《かじ》を受けて、普通の人には見えないもの——いわゆる霊や妖《あやかし》の類いを見えにくくしてもらっている。

どうして「力」を抑える必要があるのかまでは、幼い宮子にはわからなかった。見えることで嫌な思いをした経験があるから、むしろ喜んで玄斎の加持を受けていたけれど。

「鈴子《すずこ》、じっとしていなさい」

ぱたぱたという足音に、父の声がかぶさる。六歳になる妹の鈴子が、じっとしていられずにうろうろしているのだろう。

ちょうどいいタイミングなので、宮子は「失礼します」と声をかけて、引き戸を開けた。

畳《たたみ》の間に、父と玄斎が座っている。丸い梵天《ぼんてん》がついた結袈裟《ゆいげさ》をかけた玄斎の格好は、漫画に出てくるカラス天狗《てんぐ》を思わせる。父は、白衣に紫の袴《はかま》だ。

「玄斎様、こんにちは」

宮子は戸を閉めて正座し、頭を下げた。

「おお、宮子君か。今日は終業式じゃったな。せっかくの夏休みにすまないが、また五日間お邪魔するよ」

玄斎は高名な行者なのだが、いつもにこにことして偉ぶったところがない。とはいえ小柄な体軀《たいく》からは、人を圧倒するような雰囲気がにじみ出ている。

少し離れて座っているのが、弟子のようだ。てっきり大人が来ると思っていたのに、どう見ても宮子と同じ小学生だ。白衣のせいで、浅黒い肌が際立《きわだ》っている。

「これは、新弟子の寛太《かんた》じゃ。まだ小学六年生だが、来週、総本山で得度受戒《とくどじゅかい》させようと思うておる。宮子君と同い年じゃし、仲良くしてやってくれるかのう」

寛太と呼ばれた少年が、体ごと宮子の方を向いた。切れ長の三白眼《さんぱくがん》と目が合う。

なんとなく視線をそらせずにいたら、彼が急に眼光を鋭くした。

その瞬間、心の扉に手をかけられたような気がしてびくりとする。

そんな宮子の様子に気づいたのか、寛太は視線をはずし、畳に手をついて頭を下げた。

宮子も動揺を隠すように「よろしくです」とお辞儀を返す。

さっきの感覚は何だったのだろう。同い年の男の子が家に泊まるからと意識してしまったに違いない。きっとそうだ。

宮子があれこれと考えていたら、鈴子が隣に座って体当たりしてきた。

「寛太兄ちゃんのところも、うちと同じで、お母さんが死んじゃったんだって」

宮子はあわてて耳打ちをした。

「そういうことは、言わないの」

たしなめられた理由がわからないのか、鈴子が「なんでー」と無邪気な大声をあげる。

「こら、鈴ちゃん！」

宮子は鈴子の太ももを軽くたたいた。

「かまいません。本当のことだから」

――あ、壁を作られた。

棒読みのような寛太の口調に、宮子は思った。

丁寧《ていねい》な物言いとは裏腹に、ここから先は立ち入るなという牽制《けんせい》が伝わってくる。けれどもその壁の向こうには、言葉では表現できない激しい何かが感じられて、少し怖い。

「どれ、出かける前に、加持をしていこう」

玄斎が立ち上がり、宮子と鈴子の前に立つ。数珠《じゅず》を持った手が、宮子の前に来て止まる。

「ん？」

玄斎は、宮子の表情を確かめるように見た後、一歩動いて鈴子の前に立った。数珠を繰りながら真言《しんごん》を唱え、鈴子の頭と肩に数珠で軽く触れる。

「宮子君には、帰るときにしようかのう」

そう言って玄斎は、寛太を連れて外出した。近くにある神体山《しんたいさん》・三輪山を登拝《とはい》しにいくのだ。明日以降は、玄斎は知人や信者宅を訪れて相談に乗ったり加持をしたりして、夜だけここに泊まる予定らしい。

社務室の流しで湯呑《ゆの》みを洗いながら、宮子は父に話しかけた。

「寛太君って、私と同い年なんだね。……いきなり下の名前呼びって抵抗あるな。苗字《みょうじ》はなんて言うの？」

「須藤《すどう》寛太君だ。彼はもう玄斎様の内弟子になって実家を出ているし、出家得度《しゅっけとくど》したら法《ほう》名《みょう》で呼ぶことになるから、今は『寛太君』でかまわんだろう」

湯呑みをすすぎ終え、タオルで手を拭きながら訊《たず》ねる。

「じゃあ、あの子、玄斎様の庵《いおり》にずっと住むの？　お母さんは亡《な》くなってても、お父さんはいるんでしょ？」

父が、あたりを見回す。鈴子が聞いていないか、確認しているのだろう。当の鈴子は、この時間はお気に入りのアニメを観《み》ているはずだ。

「もちろん、いらっしゃる。だが、玄斎様のそばにいる方が息子のためになると、お父さんからも住み込みの内弟子になることをお願いされたそうだよ」

「でも、子どもを手放すなんて」

周りを拒むような寛太の雰囲気は、そのせいかもしれない。

「寛太君のお母さんは、事件に巻き込まれて、あまりよくない亡くなり方をされている。それもあって玄斎様は、寛太君をそばに置いた方がいいとお考えなのだ。……宮子、親は子にとって最善の道を選ぼうとするものだ。手放して平気なわけじゃないんだよ」

父が少し寂しそうに見えるのは、寛太の父親と自分が重なるからかもしれない。

母が死んで間もないころの父を思い出す。

慣れない手つきで作ってくれた父の料理を、宮子は「おいしくないし、お母さんの味と違う」と残した。言ってから、しまったと思ったが、父は悲しそうな顔をしただけだった。

その夜、トイレに行こうとして、宮子は台所で料理の練習をする父の姿を見てしまう。

神主は朝が早いのに、「ニンジンを先に入れて、キャベツは後」とつぶやきながら何度も本を確認してフライパンを動かし、丁寧に計りながら調味料を混ぜていた。

父の料理の腕はだんだんあがり、あるとき宮子はお世辞抜きで「おいしいよ」と言った。

ところが、今度は父がぽつりとつぶやいたのだ。

『それでも、お母さんの味とは違うなぁ』

そのとき宮子はようやく、母が死んでつらい思いをしているのは、父も同じなのだ、という当たり前のことを思い知った。

母のことが大好きな父が悲しんでいないはずはないのに、仕事と家事を必死にこなし、宮子と鈴子の世話をしてくれる父は、とっくに日常へ戻ったのだと考えていた。それは単に、悲しい気持ちを隠していただけだったのに。

自分だけが喪失感《そうしつかん》を抱えていると思っていたことを、宮子は恥じた。その後大泣きしながら父と一緒に皿洗いをしたことを、今でも覚えている。

その日から宮子は、専用の足台を置いて父と一緒に流しに立つようになった。神社の事務員の原田《はらだ》さんから料理を教えてもらい、今では一人で台所を仕切っている。

一歳と六歳の娘二人を男手ひとつで育てるのは大変だからと、吉野《よしの》に住む母方の祖父母が自分たちを引き取ろうとしたということは、かなり後になってから聞いた。しかし、父は頑《がん》として首を縦に振らなかったそうだ。

父方の祖父母はすでに亡くなっていたため、母方の祖父母や近所の人に協力してもらいながら、父は自分たちを育ててくれている。

寛太の父親も、無理をしてでも我が子を手元に置く方法はあったはずだ。それをおして玄斎に息子を託すということは、そうせざるを得ない事情があったのかもしれない。

「そうだね。きっとあの子のお父さんも、悩んだんだろうな」

翌日、昼ご飯の片付けを終えた宮子《みやこ》は、約束の時間より早く空き地に向かった。紺色のキュロットとプリントTシャツを着てきたけれど、よそ行きにすればよかったと後悔する。鈴子《すずこ》をまくのは大変だったが、宮子が「友達と遊びに行く」と言っただけで、父は快く送り出してくれた。いつまで経《た》っても宮子に友達ができないのを、秘《ひそ》かに心配していたのだろう。行き先を言わずにすんでホッとしたが、それでも後ろめたさは感じてしまう。

「十分前行動！　宮子はやっぱり真面目だねぇ。あ、ちゃんと私服で来てくれたんだ」

いつの間にか沙耶《さや》が空き地に現れた。昨日と同じ水色のワンピース姿なので、一瞬あれ？　と思ったが、きっと同じ色の別物なのだろう。

「ホントに行くの？　先生に見つかったら、まずいことになるよ」

「あたしはこの校区の子じゃないもーん。大丈夫、見つかったら、親と待ち合わせしてますって言えばいいのよ。さ、早く。宮子が一緒じゃなきゃ行けないんだから」

一緒に行きたいと言ってもらえるのは、素直に嬉《うれ》しい。

「どうやって行こう。サーヤ、自転車……は持ってないか。じゃあ、ＪＲだね」

電車がもうすぐ来るから、と宮子は早足で道路へと向かう。

「一時間に一本なんで乗り遅れると……ってあれ？」

隣を一緒に歩いているはずの沙耶がいないことに気づき、宮子はあわてて振り返った。沙耶が戸惑ったような表情で、空き地と道路を隔てる溝の手前に突っ立っている。

「どしたの、サーヤ。早くおいでよ」

そう言ったとたん沙耶は笑顔になり、勢いよく溝を跳び越して宮子の隣まで駆けてきた。

「電車の時間、大丈夫？」

「あと十分ないかな。急ごう！」

早足で駅に向かう途中で、自転車に乗った女の子三人に遭遇する。すれ違いざまに「こんにちは」と声をかけたが、向こうは宮子をいぶかしげに見ただけだった。

去っていく彼女たちを返り見して、沙耶がおもしろくなさそうに言う。

「なにあれ、感じ悪い。クラスの子？」

「うん」

「もしかして宮子、友達いない？」

痛いところを突かれた。宮子は、いじめの対象ではないが、特に親しい子もおらず、教室ではいつも一人で本を読んでいる。

「……バレちゃったか。いじめられてるとかじゃないんだけどさ。なんか、避けられちゃうんだよね」

「それシカトじゃん。……身に覚えはないの？」

ないわけではない。むしろ、ある。

けれども、それを言ってしまうと、沙耶にまで嫌われるかもしれない。

「あ、そろそろ電車来ちゃう」

宮子はごまかして、急いで駅舎へと入った。「金橋駅《かなはしえき》までだよ」と料金表を確認して切符《きっぷ》を買っていると、踏切《ふみきり》が鳴り出した。跨線橋《こせんきょう》を走ってホームへ向かう。

ちょうど入ってきた電車にあわただしく乗り込むと、すぐ後ろでドアが閉まった。

すいた座席に並んで腰掛け、一息つく。よかった間に合った、と言いながら宮子が汗を拭いていると、沙耶が急に真顔になった。

「ねえ、宮子。さっきの話だけどさ。シカトされてるのに黙ってたら、余計になめられるよ。ガツンと言っちゃいなよ」

沙耶が自分のことを真剣に心配してくれているのが嬉しい反面、どう説明したらいいのかなと宮子は逡巡《しゅんじゅん》する。

「ありがと。でも、あの子たちに避けられるのもしょうがないんだ。私、その……」

「……幽霊が見えちゃうから怖がられてる、とか？」

ええ!? と宮子が思わず叫ぶと、沙耶が苦笑した。

「なーんだ、図星だったか」

どうしてピンポイントでわかったのかと戸惑う宮子に、沙耶が続ける。

「あたしのママもちょっとだけ見えちゃう人で、周りから浮いてたし、なんとなくそうかなーと。宮子って、ママと似てるのよね。顔や性格じゃなくて、なんかいろいろ見透かしてるような目の感じが」

「そうなんだ。じゃあ、お母さんも苦労してるの？」

「うちのママは、見えたり見えなかったり自分の調子次第かな。でも、見たくないものを見ちゃったり、おばあちゃんからオカシイ人扱いされたりでつらいみたい。宮子は？」

母親が見える人なら、沙耶には話しても大丈夫かもしれない。

「私は……今はもう見えなくなったんだけどね。幼稚園くらいのときは、生きてる人とそうじゃない人の区別がつかなくて、誰もいない席に『食べる？』っておやつを持っていったりして気味悪がられた。あと、私がいると他の子にも見えちゃうことがあって、遊戯室《ゆうぎしつ》にあるクマのぬいぐるみの目が、私がいるときだけギョロギョロ動くってみんなが泣き出したりしてさ。そんなことが続いちゃって、卒園まで誰も話しかけてくれなかったんだ」

沙耶が笑い出す。

「そりゃあ、ぬいぐるみの目がギョロギョロ動いたら、ビビって避けるのも無理はないか」

「あ、ひどい。私だって、友達とおしゃべりとかしたかったんだから」

「ごめんごめん。そうだよね。宮子は悪くないのに。……親は、何も言わなかったの？」

沙耶に心配をかけないよう、宮子はつとめて明るく言った。

「お父さんは、何があっても明るくあいさつさえしていれば、大抵のことはなんとかなるって。おかげで、いじめだけは免《まぬが》れたかな。都会みたいにクラス替えがあればよかったたんだけど、田舎は幼稚園も小学校も一学年一クラスしかないから、そのままずるずるきちゃったんだよね」

「でも、幼稚園のときのことで小六までずっとシカトって、ちょっと意地悪すぎだよ」

沙耶になら理解してもらえる気がして、宮子は先を続けた。

「うちは神社だし、お母さんは霊能力があるって評判だったから、イメージが先行してたのかも。……それと、うちのお母さんは病気で急死したんだけど、死んだはずのお母さんと私が手をつないで参道を歩くのを見たって子がいたらしくて、死霊《しりよう》使《つか》いとかあだ名つけられてますます気持ち悪がられるようになっちゃった」

間もなく金橋駅に着くと、車内アナウンスが流れる。

降りるよ、と声をかけた宮子の肩を、沙耶の手がポンポンとたたく。

「あたしは宮子のこと、気持ち悪いとか思わないから」

沙耶の言葉が嬉しくて、宮子はうっかり涙ぐみそうになってしまった。

「ありがとう、サーヤ」

電車を降りると、サファイアタウンの大きな建物が見えた。炎天下を十分ほど歩き、ようやく目的地にたどり着く。自動ドアの中に入ると、館内の涼しさに汗が引いた。

「あー、気持ちいい！」

近所のスーパーでもクーラーはきいているが、においが違うのだ。甘い香りが、フロア中に漂っている。

「いいにおい。香水かな？」

「たぶん、あれよ」

沙耶が指さした店には、シャーベットピンクやミント色の四角いものが並んでいる。

「うわ、おっきなキャンディー。おいしそう！」

沙耶が、手を打って笑い出す。

「あれ、石鹸《せっけん》だよ」

「ウソでしょ⁉」と半信半疑の宮子が近寄って触ってみると、確かに石鹸だ。沙耶はまだ笑っている。

「そんなに笑わなくてもいいじゃん」

「ごめんごめん。でも、確かにおいしそうな色とにおいだよね」

おしゃべりをしながら、端から順にウインドーショッピングをする。雑貨屋のぬいぐるみでアテレコをして遊んだり、文房具屋でかわいいノートを買おうかどうか迷ったり、「大人になったらこんなのを着たいね」と、ディスプレーされている服を着た未来の自分たちを想像したりするだけで、時間があっという間に過ぎていく。

パワーストーンの店の前に差しかかり、沙耶が立ち止まった。

「あたし、こういうの好きなのよ。ほら、きれいでしょ。この深いピンク色の石はインカローズ。そっちの青いのはラピスラズリ。幸運を招く石って言われてるんだ。宮子は、パワーストーンとか興味ない？」

「よくわかんないけど、きれいでいいよね。私も、同じようなのは持ってるよ」

そう言って宮子は、首にかけた紐《ひも》を手繰りよせ、淡い緑色の勾玉《まがたま》を沙耶に見せた。

「あ、翡翠《ひすい》じゃん！　いいなー。でも、なんで服の中に隠してるの？」

「お母さんの形見だから肌身離さずつけていなさいって言われたんだけど、学校はアクセサリー禁止でしょ。だから、服の中に隠す癖《くせ》がついちゃった」

「そっか、お母さんの形見か」

そうつぶやいて歩き始めた沙耶が、思いついたように振り返って言った。

「形見じゃないけど、私たちも何かおそろいのものを買おうよ！　身につけられるもの」

「おそろい……それ、すっごくいいね！」

何にしようか二人で迷った末に買ったのは、オレンジ色の花がついた髪飾りだった。値段も手ごろだし、二人とも髪が長いから、ポニーテールにつければよく映えるだろう。

つけ合いっこをしようと、二人でトイレに入る。宮子は無造作に束ねていた髪を、沙耶と同じポニーテールにしてもらった。

「宮子の髪、すっごくきれいだね。シャンプーのＣＭに出れそう」

高い位置でくくった黒髪が揺れるたびに、光を反射した艶《つや》がなめらかに動く。褒められたのが嬉しくて、宮子ははにかみながら鏡に見入った。

「なんか、アイドルみたい。……サーヤでーす！」

沙耶がふざけてポーズを決める。宮子も同じポーズをして「宮子でーす！」と言ってみた。髪形を変えて髪飾りをつけただけなのに、自分が沙耶のように明るくてイマドキの女の子になったみたいで、気持ちが華やぐ。

本当は鈴子にも何か買ってあげたかったけれど、ここに来たことが父にばれてしまうと途中で思い直した。

二人はおそろいの髪飾りをつけたまま帰りの電車に乗り、自宅最寄り駅の三輪駅へと戻った。プチ冒険が終わったのを名残《なごり》惜しく思いながら、家路を急ぐ。

「サーヤ、家はどこなの？」

歩きながら宮子が訊《き》くと、一瞬の間の後、沙耶が小声でつぶやいた。

「あの空き地の近く。今日はあそこで解散しよう。おばあちゃんが厳しいから見つからないようにしなきゃ。……うちの家、親が離婚したんだけど、原因はママの浮気《うわき》だったんだ。それでおばあちゃん、『こんな娘に育てた覚えはない、ご近所様に恥ずかしい』って、実家に帰ってきたママのこと追い出しちゃったの」

宮子が返す言葉に詰まっていると、沙耶があわてて言い足した。

「あ、ママだけが悪いんじゃないのよ。パパだって、仕事仕事って、誰も知り合いがいない転勤先で、ママのこと放っておいたんだもん。パパの分のご飯を置いたテーブルの前で、夜遅くまでじぃっと待ってて、ママかわいそうだった。おばあちゃんは頭が固いから『娘に育てさせたら、この子までふしだらになる』とか言って、あたしのことを引き取ったの」

しんみりし始めた空気を打ち砕くように、沙耶がおどけた口調で続けた。

「最初に言われたのが『ブラジャーしなさい』よ。あたし、小四くらいから胸がふくらんじゃったんだけど、『子どものくせに、ませている。このままじゃ、男を誘うような毒婦《どくふ》になる』とか言うの。毒婦だよ、ドクフ。胸がふくれたのはあたしのせいじゃないのにさ。息苦しいし、ブラウスから透けると男子にからかわれるし、ブラジャーなんて大嫌い。キャミソールとか胸元の開いたかわいい服は全部取り上げられて、襟刳《えりぐ》りのぴっちり詰まった地味な服ばっかり着せられるし、スカートもウエストゴムでダサいし、もう最悪！」

胸が大きいと、いろいろ苦労も多いみたいだ。宮子は、真っ平らな自分の胸をありがたく思った。

「しつけもすっごい厳しくてさ。お客さんにお茶を出すでしょ、こぼしちゃったらもちろん、茶卓の木目が机に平行じゃなかっただけでも、後で説教されるの。言い訳なんてしようもんなら、『不倫なんかする親に育てられたから、根性が曲がってるんだ。たたき直さなきゃ』って、ものさしで手の甲を打つの。いつの時代よって感じでしょ？　だからママが、再婚するから東京で一緒に暮らそうって迎えにきてくれたときは、迷わずついていった」

「……ひどい話。でも、今は東京で楽しく暮らしてるんだよね？」

沙耶はそれには答えず、道路との溝をひょいっと跳び越えて空き地に着地した。

宮子の方を振り向いた沙耶が、急に道路向こうへ目をやる。そこには、反対側から歩いてくる寛太《かんた》がいた。修行帰りなのだろう。

「お疲れさま」

宮子は軽く会釈《えしゃく》をした。寛太が立ち止まり、睨《にら》むような目でこちらを見ている。

「知り合い？」

沙耶が小声で訊《たず》ねてくる。

「うん。うちに泊まってる行者《ぎょうじゃ》さんのお弟子さん」

「ふうん」

沙耶までが険しい顔をする。寛太に睨まれたのが気に入らないようだ。とりあえず、この二人を引き離さなくては。宮子は寛太の方を向き、極力明るく言った。

「玄斎《げんさい》様と一緒じゃなかったの？　汗かいたでしょ。うちでシャワー浴びてきてよ」

今度は沙耶に声をかけようと空き地の方を振り向いたが、どこにもいない。

「あれ、サーヤ？　もう帰っちゃったんだ」

次の約束をしたかったのに。宮子が仕方なく家へ帰ろうとすると、すれ違いざまに寛太から声をかけられた。

「どういうつもりだ、あんなのと付き合ったりして。管長《かんちょう》さんが心配するぞ」

校区外へ電車で行ったことが、ばれたのだろうか。耳がカッと熱くなる。

「ちょっと、『あんなの』って失礼ね！　まあ、子どもだけで電車に乗ったのは悪かったと思うけど。見かけが大人びてるだけで、サーヤは不良じゃないよ」

振り返った宮子の剣幕に驚いたのか、寛太が目を見開く。

「ああ、そうか。お前にはわからないんだったな」

「……何が？」

「いや、何でもない」

きょとんとしている宮子を追い越し、寛太が一礼して鳥居をくぐり、さっさと参道へ入っていく。

宮子も鳥居の前で一礼してから後に続いた。社務室にいる父に「ただいま」と声をかけて自宅へ戻る。そろそろ晩ご飯の支度をしなければいけない。

神饌《しんせん》のお下がりの野菜を見つくろって晩ご飯を作っていると、鈴子のせわしない足音が近づいてきた。

「あ、お姉ちゃん。その髪飾り、どうしたの？」

しまった、見つからないうちに取ろうと思っていたのに、忘れていた。

「いいなー。鈴子も欲しい。ちょうだい！」

宮子は振り向いて、鮮やかな色の髪飾りを妹の目から隠した。

「だめよ。これは、お姉ちゃんの。鈴ちゃんは髪が短いから、まだつけられないでしょ」

煮物がチリチリと煮詰まる音がする。宮子はあわててコンロの火を切った。

「ずるい、お姉ちゃんだけ。鈴子も、欲ーしーいー！」

鈴子が駄々《だだ》をこねる声に炊飯器のブザーがかぶさり、いらいらを募らせる。

「もう、うるさい！　そんなことより、お皿並べるの手伝ってよ」

つい口調がきつくなった。とたんに、鈴子が大声で泣き出してしまう。

「ごめん、ごめん。じゃあ、同じようなのを作ってあげるから」

顔をくしゃくしゃにして泣く鈴子を、宮子は必死でなだめた。

やっぱり、何かおみやげを買ってくれれば良かった。父は男親だから、かわいいものには気が回らない。妹はアニメの影響で宇宙船やロボットが好きなのだと思っていたけれど、髪飾りやアクセサリーにも興味があったのだ。

声を聞きつけて、父が入ってきた。

「どうしたんだ」

鈴子が父の元に走り寄って、白衣の袖を引っ張る。

「鈴子も髪飾りが欲しいのに、お姉ちゃんだけ、ずるいの」

父の目線が、宮子の頭へと移動する。

「初めて見る髪飾りだな。買ってきたのか？」

父の口調は、特に怒っている風でもないが、後ろめたさの分だけ萎縮《いしゅく》してしまう。

「はい。お小遣いで」

「どこで？」

日頃から「嘘《うそ》はつくな」と教えられているから、ごまかせない。

「……サファイアタウン」

「あんな遠くまで行ったのか？　誰と？」

とっさに、沙耶のことは言わない方がいいと思った。もし、彼女のおばあさんに知られたら、沙耶が折檻《せっかん》されるかもしれない。

口を閉ざしていると、父が静かに促した。

「別に、怒ろうというわけじゃない。ただ、先方の親御さんに会ったら、あいさつくらいしなきゃいかんだろう」

「それはやめて！　サーヤが怒られちゃう」

「サヤちゃんというのかね。どこの子だい？」

「あ……」

思わず手で口をふさいだが、もう遅い。宮子は観念してうなだれた。

「水野《みずの》沙耶ちゃん。家は知らないの。東京に住んでるけど、夏休みだからおばあさんの家にいるんだって」

父は「水野」という名前を何度かつぶやいた。

「その水野沙耶ちゃんは、宮子の友達なんだな」

「はい。……サーヤは悪くないの。だから、お家《うち》の人には黙っててあげて。おばあさんが、ものさしで手の甲を打つんだって」

父は難しい顔をして考え込んでいたが、拍子抜けするほどすんなりと言った。

「わかった。今度だけは黙っておこう。ただしこれからは、誰とどこへ行くか、前もって言ってから出かけるんだぞ」

父が、かがみ込んで鈴子を抱き上げる。

「鈴子には、お父さんが髪飾りを買ってやろう。来週、手伝いの神職さんが来るから、ここを空けられる。サファイアタウンに行ってみるか」

鈴子が歓声をあげる。緊張が解けて、宮子は思わずため息をついた。

「そろそろ玄斎様が戻ってこられるぞ。お父さんは御霊舎《みたまや》に御飯を供えてくるから、鈴子はお皿を並べて。宮子、おかずを頼むぞ」

次の日、宮子《みやこ》はちゃんと父に断ってから、空き地へと向かった。

電話帳を調べたけれど、この近所に水野《みずの》という家はなく、また沙耶《さや》に会うにはあそこで待つしか思いつかなかった。塀の陰に座っていると、沙耶がひょっこりと現れる。

「ふふ、宮子見ーつけ」

「サーヤ！　よかった、会えて。昨日、大丈夫だった？　おばあさんに怒られなかった？」

手をひらひらとさせて沙耶が笑う。

「ダイジョブ、ダイジョブ。宮子の方は？　もしかして怒られちゃった？」

「ううん、怒られはしなかったけど、サファイアタウンに行ったのバレちゃった。妹がこの髪飾りに気づいて」

宮子は、頭につけたオレンジの髪飾りを指さした。

「そっか。女の子はやっぱり鋭いね」

「で、ごめん。サーヤのこと、お父さんに言っちゃった。絶対家族の人に声をかけないで、とは言っておいたけど」

沙耶の顔が曇る。

「……お父さん、神主なんだっけ」

「うん。もしかしてサーヤの家、うちの信者さん？」

沙耶が答えずに後ろを向く。

やはり沙耶は昨日、おばあさんに怒られたり意地悪をされたのではないだろうか。だって、今日も水色のワンピースを着ているのだ。形違いではなく、昨日とまったく同じ服を。

どう声をかけようか迷っていると、沙耶が振り向いて笑った。

「じゃあさ、今日は近場で遊ぼう。宮子のお気に入りの場所に連れていってよ」

沙耶の笑顔は屈託《くったく》がなく華やかで、つらいことなどないように見えてしまう。

「どこかあるでしょ。昔、基地とか作らなかった？」

小さいころは、お気に入りの洞穴《ほらあな》を秘密基地と名付けて、一人で遊んだものだ。男の子たちに占領されてからは、行かなくなったけれど。

こう暑くては、みんな家でゲームでもしているだろう。今なら誰もいないかもしれない。

宮子が洞穴のことを言うと、沙耶は目を輝かせた。

「あたし、洞穴って見たことない。よし、秘密基地に行こう！」

探検隊結成！　と二人ではしゃぎながら、秘密基地へと向かう。

坂道をあがり、畑の横から山道に入る。人ひとりが通れるくらいの幅しかなく、土と同化しかけた枯れ葉が両脇に積もっていた。太陽の光が木々にさえぎられた道を、宮子と沙耶は前後になって進んでいく。角を曲がると、硬い岩肌に開いた洞穴に着いた。

「ここだよ。ひんやりしてて、なんだか落ち着くんだー」

入り口は、少しかがめば十分入れる高さだ。沙耶も恐る恐る、後からついてくる。

「わあ、洞穴って、初めて入る。無人島の洞窟で暮らすお話があったじゃん。あれを思い出すなぁ」

「じゃあ、今からここは無人島の洞窟で、私たちの住《す》み処《か》ね。この明るいところが居間で、奥のくぼみがベッド」

「へー、ベッドまであるんだ。どれどれ」

沙耶が、横穴に入り込む。

「二人だとちょっと狭いかな。宮子もおいでよ」

手探りで横穴を確認し、体を滑り込ませる。沙耶の隣に膝を抱えて座ると、ちょうど穴がいっぱいになった。

「やっぱり、ベッドにするには狭いね」

光の入らない横穴は暗く、沙耶の輪郭がうっすらとしか見えない。

「ねえ。サーヤは、暗いところで光の粒が見えたりする？」

「光の粒？」

「うん。私ね、暗いところだと、いろんな色の光の粒が見えるんだ。でね、それを自分の思い通りの形に動かせるの。赤い粒をバラの花にしたり、白い光で羊を作ったり」

宮子の「力」は弱められてはいるが、光の粒を見たり操ったりする力は、無害だからかこれまで通り使えるのだ。

「……私って変かな」

おずおずと訊《たず》ねる。沙耶の表情は見えないが、拒絶するような雰囲気は感じられない。

「変じゃないよ。幽霊が見えるくらいなんだから、今さら驚かないって」

「ホント？」

「ホントだってば。……ね、試しにちょっと見せてよ、その光の粒を操るっての」

沙耶にそう言ってもらえるのは嬉しい。けれども、何も見えなければやはりガッカリされるのでは、と宮子は不安になった。

幼稚園児のころ、宮子は遮光《しやこう》カーテンで部屋が真っ暗になったときに、隣の子に「ほら、獅子舞《ししまい》だよ」と言って、光で獅子舞を作って見せたことがある。けれどもその子は困ったような顔で「どこ？」と首を傾《かし》げた。

鈴子にも父にも光の粒は見えない。今までにこれが見えたのは、死んだ母だけだ。花や動物を作って遊んでいると「かわいいね」と笑ってくれた。

嫌われたくないという気持ちと、沙耶なら見えても見えなくても気味悪がったりしないだろうという期待を込めて、宮子は黄色い光の粒を集めて星を作った。それを尾を引かせながら、沙耶の方へ飛ばしてみる。

「あ、流れ星発見！」

「え……サーヤ、見えるの!?」

驚きのあまり宮子が腕に触れると、沙耶がフフッと笑いながら言った。

「ママが見える人だからかな、あたしもこのくらいなら見えるんだ、実は」

「ウソ、どうしよう、すっごい嬉しい！　今まで馬鹿にされたことしかなかったから」

ようやく自分のことを気持ち悪がらず、しかも同じ感覚を持つ友達ができたのだ。宮子は喜びのあまり、猫が甘えるみたいに沙耶の肩へ頭をもたせかけた。

今度はケーキを作ってみる。これは立体感を出すのが難しいのだ。

「あ、イチゴショート。食べちゃえ。……うわ、苦い！　宮子、光の粒って苦いよ」

沙耶がくすくすと笑う。

「よーし、とっておきのを見せちゃう！」

宮子はイギリスの近衛兵《このえへい》の連隊を作った。黒い光はないから、大きな帽子は藍色《あいいろ》だ。ちゃんと足を左右交互に動かしながら、足並みを揃《そろ》えて行進させる。眠れない夜などに練習して、ようやく十二人編成で動かせるようになったのだ。

「すごい、隊列を崩さずに歩いてる。こんな技ができるなんて、やっぱり宮子は強いね」

沙耶の手が宮子の首に触れてきた。

夏だというのに冷たい指だ。暗いから、腕と間違えているのだろう。

「ずっと、気味悪がられたり遠巻きにされたりで、寂しかったんだ。サーヤが友達になってくれて、ホントに嬉しい」

首に置かれた沙耶の指に、力がこもった。

血がのぼり、頭の芯《しん》が締めつけられる。「苦しい！」と言う間もなく、宮子の意識は薄れ、暗闇に同化した。

気がつくと、宮子《みやこ》はどこかのアパートの部屋を天井から見下ろしていた。台所で、沙耶《さや》がラーメンを作っている。流しには空き袋が二つ。菜箸《さいばし》で鍋を掻《か》き混《ま》ぜている姿を、後ろから誰かがじっと見ている。

水色のワンピースから伸びる素足、ウエストから腰にかけての曲線、ポニーテールのうなじにうっすらと浮かぶ汗。舐《な》めるような視線が、彼女を観察している。

火を止めて調味料を入れようとしている沙耶に、誰かが近づく。

視線の主は、動物を捕獲するように沙耶を後ろから抱きすくめた。

沙耶が、大声をあげて暴れ出す。男は沙耶を床に押し倒し、口をふさごうとした。

『やめて、お義父《とう》さん！』

沙耶のものか自分のものかわからない悲鳴で、宮子は目が覚めた。

視界が真っ暗であせったが、洞穴の中にいたのだったと思い出す。

沙耶の指は、すでに離れていた。服の中の勾玉《まがたま》が、熱を持っているのがわかる。光でできた近衛兵《このえへい》は、粉々に砕け散っていた。

「サーヤ、今の……」

まだ少し意識が朦朧《もうろう》とする頭で、宮子は先ほどの夢を思い返す。あれは正夢《まさゆめ》だろうか。

だとしたら、沙耶は――。

考え込んでいると、沙耶は突然腰を浮かし横穴から這《は》い出《だ》した。

「……あたし実は、暗くて狭いところが苦手なの」

宮子も、ふらつきながら後に続いて外に出る。

暗いところに慣れた目に、夏の日差しはまぶしすぎる。積もった枯れ葉や木々ばかりが広がっていて、遭難でもしたみたいで急に不安になってくる。

「そろそろ戻ろうよ」

近道だからと神社の境内を横切ろうとすると、沙耶が嫌がった。宮子は不思議に思いながらも、民家側の坂道を下りる。なんとなく気まずくて会話が途切れがちになり、沈黙に耐えきれなくて、宮子は話題を探した。

「あの神社、大和国一之宮《やまとのくにいちのみや》の有名なとこなんだけど、御山《おやま》が御神体《ごしんたい》なんだよ。うちの三諸《みむろ》教本院《きょうほんいん》は、昔いろいろあってあそこから独立したんだって。神社って死を穢《けが》れと捉えるから、氏子さんでもお葬式はお寺にお願いすることが多いんだけど、うちの神社は亡《な》くなった方を祀《まつ》る霊祠《れいし》があって、神葬祭《しんそうさい》はもちろん式年祭《しきねんさい》や正辰祭《せいしんさい》もしているんだ」

「……人間、誰でも死ぬのに、死んだら『穢《けが》れ』として忌《い》み嫌《きら》うなんて、ひどい話だと思わない？」

沙耶の顔に、いつもの笑顔はない。

言葉を失った宮子は、うつむいたまま歩き続けた。

空き地に着くと、一昨日《いっさくじつ》端によけたはずの棒が、沙耶がはまっていた壺《つぼ》のあたりを囲むように、四隅に立っていた。宮子がほどいたロープも、片付けられている。

「やだ……」

真っ青な顔で、沙耶がつぶやく。

「どしたの、サーヤ。気分悪い？」

肩を揺すると、沙耶がこちらを向いた。どこか哀《かな》しそうな顔だ。

「日射病かな。うちに来て休む？　お父さんは信者さんの家を回っているはずだし、妹はテレビでも観《み》てるし、気にしなくていいから」

沙耶が視線をはずし、とたんに元気そうに言う。

「ん、大丈夫。別に気分が悪いわけじゃないから。それより、まだ時間も早いんだし、遊ぼう。そうだ、妹ちゃんも呼ぼうよ」

「え、鈴子《すずこ》を？　まだ小一だから騒々しいよ」

「いいって、いいって。小さい子が一人で留守番って、かわいそうじゃん」

確かに、今日は社務室に事務の原田《はらだ》さんがいるとはいえ、自宅には鈴子一人だ。たぶん、ブロックでお城を作っているか、アニメのＤＶＤを観《み》ているかだろう。

「それもそうだね。じゃあ、呼んでこようかな」

道路へ向かおうとすると、いつの間にか寛太《かんた》が立っている。驚いて、宮子は声をかけた。

「あれ、まだ三時くらいなのに。今日はもう終わりなの？」

寛太は、宮子ではなく沙耶を見ている。いや、睨《にら》んでいる。

「老師《ろうし》の受けられた依頼が長引いて夜通しになりそうだから、夕食の握り飯を作りたい。台所を貸してくれないか」

「いいけど……」

「米はあるけど、他人の家の台所はわからない。一緒に来てくれ」

寛太がようやく宮子の方を見た。有無《うむ》を言わせない口調だ。

「そういうわけだから、諦めろ」

沙耶に言い放った寛太が、宮子の手首をつかんで連れていこうとする。

「ちょ……、ちゃんと帰るから、触らないでよ！　ごめん、サーヤ。また明日ね」

振り返って、沙耶にもう一方の手を振る。沙耶も「うん、また明日。待ってるから」と名残惜しそうに手を振っていた。

空き地が見えないところまで来て、ようやく寛太が手を離す。

「痛いじゃないの。一緒に遊んでるところに無理やり割って入るし、なんなのよもう！」

さすがに腹が立って、宮子はまくしたてた。しかし、寛太はまったく動じない。

「やれやれ、シアワセな奴《やつ》だな。お前は守りが強いから無事だけど、妹まで危険にさらすなよな」

「なんのことよ」

一の鳥居の前にさしかかった。二人共いったん会話をやめて、示し合わせた訳でもないのにぴったりのタイミングで一礼して中に入る。玉砂利《たまじゃり》を踏む二人分の音が響き渡った。

「ねえ、妹まで危険にさらすなって、どういう意味よ」

寛太が立ち止まり、宮子の方を向き直った。

「自分で自分に暗示をかけているようだから、はっきり言わせてもらう。あいつ、もう死んでるぞ」

意味が理解できず、宮子は呆《ほう》けたように立ち尽くした。

「お前が一緒にいないとあいつ、空き地から出られないだろう。強い力のそばにいないと、姿形を保つことができないんだ」

言い返せないまま、宮子は寛太の後をついて歩く。

神門《しんもん》をくぐり、二人は社殿に向かって無言で一礼をした。やはりタイミングも角度もまったく一緒で。

宮子は社務室の窓から原田さんに声をかけ、自宅の玄関へ向かった。しかし、頭の中は別のことでいっぱいで、自分が何をしているかも定《さだ》かではない。

「いつまでもこっちの世界にいたって、しょうがないんだ。変なことをしでかさないうちに、あるべき世界へ送ってやった方がいい」

寛太が、追いうちをかけるように後ろから言う。めまいがして視界が揺らぐ。ふらつく体を、靴箱に寄りかかって支えた。

「さっきから変な冗談言わないでよ。だって、サーヤとは一緒に電車に乗ったし、買い物だってしたのよ。透けてもいないし、足も、触った感触だってあるのに」

「脳なんて簡単に騙《だま》せるんだぞ。あいつが買い物をしたと思っているのはお前だけで、実際にはあいつの分は商品も売れてなければ金も払っていない、そもそも他の人には見えてすらいなくて、お前が独り言《ひとごと》を言いながら自分の分だけ買っていった可能性もある」

駅の手前ですれ違ったクラスメートのいぶかしげな表情を思い出し、宮子は首を振って反論した。

「そ、そんな馬鹿なことあるわけないじゃん。サーヤを幽霊呼ばわりするのはやめて」

「感情でねじ伏せて否定するのはやめろ！　お前、本当はわかっているんだろう。あいつがこの世の者じゃないって」

大きな声にびくりとしながら、宮子は言い返す。

「え、でも私には見る力は……」

「一時的に弱めていただけだし、今は大分見えているはずだ。お前には、あいつの念に形を与えられるだけの力がある。これ以上近づかない方がいい。危険だ」

「でも……。でも、危険じゃないもん。サーヤは、私の初めての友達なんだから！」

「なにが友達だ。じゃあ、その首はなんだ」

そう言われて、宮子は壁にかけてある鏡を覗《のぞ》き込《こ》んだ。首に、うっすらと赤い指の痕《あと》が残っている。

「これは……暗かったから、腕と間違えてつかんじゃっただけよ」

「そうか？　あいつ、お前の体が欲しかったんじゃないのか？　そのお守りがなかったら、たぶん体を乗っ取られていたぞ」

宮子は、胸に手をあてた。服の下に、つるつるとした翡翠《ひすい》の勾玉《まがたま》を感じる。肌身離さずつけているように言われた、お母さんの形見。

「違う。違うもん！」

泣きそうになるのを堪《こら》えながら、靴を脱ぎ捨て、廊下を走った。

「あれえ、お姉ちゃん、お帰りー」

鈴子が居間から顔を出したが、宮子は二階まで駆け上がり、乱暴に自室の扉を閉めた。

「なんなのよ、あいつ。何もかもわかったような顔で、サーヤのこと悪く言って！」

宮子は枕をつかんでベッドに投げつけた。振りかぶった拍子に、翡翠の勾玉が襟刳《えりぐ》りから飛び出し、胸にこつんと当たる。

肩で息をしながら、宮子はそれをぎゅっと握った。石が体温を吸い取り、少しずつ怒りを冷ましていく。

『あいつ、もう死んでるぞ』

冷静になってくると、先ほど寛太に言われたことが、すとんと胸に落ちてきた。

もしかすると彼の言うとおり、最初からわかっていたのかもしれない。沙耶が地面から上半身だけを出して、もがいていたときから。

そうだ。あのとき四方にめぐらされていたロープは、結界の注連縄《しめなわ》だ。紙垂《しで》がついていないから、気づかなかった。紙垂は薄い和紙だから、雨で溶けて流れたのだろう。

注連縄《しめなわ》で囲われることが何を意味するのかくらい、宮子にだってわかる。

沙耶は封印されていたのだ、あの土地に。

宮子の知っている「幽霊」は、自分の恨みや未練をぶつけてくるだけで「友達になりたい」なんて言わない。だから、沙耶が幽霊だなんて思いもしなかった。

一緒に遊ぼうと言ったり、宮子がいじめられていないか心配してくれたりする「普通の女の子」だったから、気づかなかったのだ。

宮子には今までのことが、体を乗っ取るために近づいてきた演技だとは思えない。

友達になりたいと言ってくれた沙耶の言葉に、嘘《うそ》はないはずだ。そう信じたい。

「お母さん。私、どうしたらいいんだろ」

宮子は勾玉《まがたま》を握りながら、写真立ての中の母に話しかけた。

沙耶がこの世のものでないとしたら、いちばんいいのは、父に祀《まつ》ってもらい、あちらの世界に送ることだ。

しかし、それはどうしても裏切りのような気がしてならない。

『人間、誰でも死ぬのに、死んだら「穢《けが》れ」として忌《い》み嫌《きら》うなんて、ひどい話だと思わない？』

穢れは、神主によって祓《はら》われる。でも、祓われてどこへ行くのだろう？

沙耶が空き地にとどまっているのはあちらへ行きたくないからだとすれば、このままでもいいのではないのか？　友達が望まないことは、したくない。

友達――。

沙耶は本当に、友達である自分の体を乗っ取ろうとしたのだろうか。

ううん、違う。そんなはずはない。それに「あちら」には母もいる。悪い世界であってはならない。父だって、亡くなった人たちを日々お祀りしているのだから……。

「お母さん。そっちはどんなところ？　友達を、そこに送っても大丈夫？」

考えても考えても答えが出ず、どうしていいかわからなくなる。

悩むのを諦め、宮子は階段を下りて洗面所へ向かった。居間から鈴子の声が聞こえる。

「でねでね、鈴子はレイナ艦長《かんちょう》が好きなの」

寛太に、お気に入りのアニメを観《み》せているようだ。派手な音楽と、ミサイル発射の効果音が鳴り響く。あの取り付く島もなさそうな寛太に話しかけるなんて、鈴子の無邪気さも大したものだ。

感心しながら覗《のぞ》いてみると、意外にも寛太が食い入るようにテレビを観ている。先ほどまでと違って、いきいきとした小学生らしい表情だ。

「よし、がんばれ連邦《れんぽう》！」

宇宙船の戦いを、本気で応援している。作りごとの物語の世界なのに。

――あんな顔するんだ。実は、わりといい奴《やつ》なのかな。

母親が亡《な》くなり、父親と離れて信仰の世界に入ったことで、普段は気が張っているのかもしれない。強がっていたって、まだ自分と同じ小学生なのだから。

気持ちを整えるために、宮子は洗面所で顔を洗った。目が充血していないか鏡でチェックし、ついでに髪も梳《と》かす。首の指痕がまだ消えないので、タオルを巻いて隠した。

わざと足音を立てて居間に入ると、テレビではアニメのエンディングが流れていた。寛太と鈴子が並んで座っている。

「で、連邦と帝国の戦いは、どうなるんだよ」

「それは、来週のお楽しみー」

「マジかよ。続きが気になって修行にならないじゃん」

寛太の残念そうな顔に、鈴子が笑い声をあげる。

「じゃあ、ちゃんと録画しといてあげる。夏の修行が終わったら、観に来てよ」

「やった！　約束だぜ」

「うん。指きりげんまん、ね」

鈴子が差し出した小指に、寛太はためらいもせず自分の小指を絡《から》めて指切りをする。

隣の台所から、炊飯器のブザーが聞こえてきた。

「お、炊《た》けたか」

寛太が立ち上がる。宮子と目が合うと、小さく「よう」と手をあげた。

「炊飯器、鈴子ちゃんに言って借りたぞ。握り飯作るから、深めの皿を貸してくれないか」

「うん」

宮子は、深めの皿に塩と水を入れ、テーブルに置いた。茶碗《ちゃわん》とまな板も、その横に並べる。寛太は、白衣の袖口を少しまくって手を洗い、持参した梅干しを取り出した。

「アルミホイルも、使ってくれていいよ」

しゃもじを水に濡《ぬ》らして、寛太に渡す。

「サンキュー」

寛太はご飯を茶碗によそい、真ん中に梅干しを入れた。手を塩水で濡らし、茶碗の中身を掌《てのひら》に移す。手慣れた様子でご飯の塊《かたまり》を三角形に整え、まな板に並べていく。

「上手だね。私も手伝おうか？」

「いや、いい。これは俺がやらなきゃ意味がないから」

依頼の合間に玄斎が口にするものは、悪い気が入らないよう注意する必要がある。だから、願主宅で出される食事や出来合いではなく、寛太が作って持っていくのだろう。

五つ握り終えると、寛太はいったん手を洗い、アルミホイルで握り飯を包み始めた。それをさらに風呂敷《ふろしき》で包み、対角線同士をくくる。ちゃんと皿とまな板を流しで洗い、水切りの中に入れている。炊飯器の内釜《うちがま》も洗おうとしたので、宮子が止めた。

「まだ熱いよ。冷めたら洗うから、そのままにしといて」

「ああ、釜が痛むんだっけ。じゃあ、頼む」

白衣の袖を正している寛太に、宮子は声をかけた。

「ねえ。……もし、友達が、本当は行かなきゃいけないところがあるのに、行かずにいるとしたら、どうするのがいちばんいいと思う？」

わかりやすすぎるたとえ話だが、考えている余裕など宮子にはない。

すると、間髪《かんはつ》を入《い》れずに寛太が答えてくれた。

「行かなきゃいけないなら、行かせるべきだろう」

「そこが、もしかしたら、あんまりいいところじゃないとしても？」

「あんまりいいところじゃないと判断するのは、本人であって周りじゃない。それに、最終的に本人のためになるだろう道を勧めるのが、友達の役目だ」

父が似たようなことを言っていた。寛太の父親が、息子を内弟子に出すことを決めたと聞いたときだ。

「本人に、どう納得してもらえばいいかしら」

寛太が初めて言い淀《いよど》む。

「それは……難しいな。相手の性格にもよるし。管長さんに任せるのが、いちばんいいと思う」

風呂敷を持って出て行きかけた寛太が、振り返って言う。

「おい、無茶はするなよ。守るべき人が誰なのかを、ちゃんと頭に入れておけ」

玄関へ歩いて行く寛太を、鈴子が手を振って見送る。

寛太が言う「守るべき人」とは、妹である鈴子のことだろう。もちろん、宮子もそんなことは百も承知だ。

けれども、沙耶のことも守りたいのだ。大切な、友達なのだから。

悩みながら、いつもより手間取って夕食を作る。支度ができたので宮子が父を捜していると、庭で寛太と棚を作っていた。

「管長《かんちょう》さん、この電動ドライバー、すごいですね」

「だろう？　娘たちはこういうのに興味がなくてな。こっちも締めてくれるか」

一瞬でネジが締まるのがおもしろいのか、寛太が歓声をあげる。男同士で楽しそうにしているのが、少し羨《うらや》ましい。

大体寛太は、鈴子や父には親しげに接するのに、自分にだけは愛想《あいそ》が悪いのが納得いかなくて腹立たしくなる。棚が完成したところで、宮子は「夕飯ですよ」と声をかけた。

今日は玄斎《げんさい》が不在なので、寛太も一緒に食卓についている。修行者であっても「自分のために殺されたものの肉」でなければ食べていいので、ハンバーグにした。

父が食前の柏手《かしわで》を打つのに合わせて、宮子と鈴子も手を合わせる。寛太は合掌して何かの偈文《げもん》を唱えていた。

柏木家《かしわぎけ》では、基本的に食事中は会話をしない。食事は生命を更新する儀式だから、食べ物への感謝を実感できるよう集中する、という父の教えなのだ。

寛太も同じ習慣らしく、黙々と食事をしている。歳《とし》の割に食べ方がきれいで、一つひとつの動作をきちんと意識している。神道《しんとう》もそうだが、仏教では食事も修行の一環なのだ。

食事を終え、宮子はそのまま後片付けを始める。寛太が手伝いを申し出たが、これは私の仕事だからと遠慮した。一緒に皿洗いをするのは、なんだか気まずい。

代わりに鈴子が、寛太を居間へと引っ張っていく。またアニメでも観せるのだろう。

片付けを終えてゴミを捨てに行くと、社務室に明かりが点《つ》いていた。今なら、父一人だ。宮子は急いで手を洗い、社殿へと向かった。

「お父さん。聞きたいことがあるの」

父が、持っていた撤饌《てっせん》を机に置き、応接室の畳に座る。宮子も向かいに座った。

「なんだい」

「人は……死んだら、どこへ行くの？」

父は、腕組みをして低くうなった。

「また、難しい質問だな。神道《しんとう》では、黄泉《よみ》の国《くに》や常世《とこよ》の国《くに》へ行く、と言われているが、見解には諸説ある。仏教では、死んだときの心の持ちようや積み重なった業《ごう》に従って、生まれ変わるとされている。でも、お父さんも死んだことがないから、本当のところはどうだかわからんよ」

そんなあいまいなことで、いいのだろうか。

「じゃあ、黄泉の国って、どんなところ？」

「それらに関する文献は、あまり残っていない。『古事記《こじき》』には、伊耶那岐命《いざなぎのみこと》が亡き妻《つま》の伊耶那美命《いざなみのみこと》を追って黄泉の国へ行かれたら、妻の身体には蛆《うじ》がたかっていた、とある。醜い姿を見られて怒った伊耶那美命《いざなみのみこと》が、黄泉醜女《よもつしこめ》たちに伊耶那岐命《いざなぎのみこと》を追いかけさせた、とも」

では死後の世界は、暗くて穢《きたな》いということか。

そんなところへ行けなんて、沙耶《さや》には言えないし、行かせたくない。

「……お母さんも、そんなところに行っちゃったの？」

うつむいていると、父の声がした。

「死体は、どうしたって腐る。だから古代の人達は、死体のイメージをそのまま死後の世界と重ねてしまったんだろうな。だが、きちんとお祀《まつ》りすることで霊魂は黄泉の国から別のところへ行く、という考え方もある。魂は幽世大神《かくりよのおおかみ》が支配なさる幽世《かくりよ》に赴《おもむ》き、家族や親族を守る御霊《みたま》となって祖先神《そせんしん》の仲間入りをする、という考えにのっとって祖霊をお祀りしているのが、この三諸教本院《みむろきようほんいん》だ」

「その幽世は、いいところなの？」

「管長自らが『いいところじゃありません』とは言えないな。国学者の中には、現世《うつしよ》は寓世《かりのよ》で幽世こそが本《もと》つ世《よ》と言う人もいるから、ここよりはいいと思うよ」

この世よりもいいのなら、希望が持てる。

「じゃあ、もう死んでる人が、そこへ行かずこっちにいる場合、どうすればいいの？」

「あちらの世界にお送りする。体がないのにこの世にとどまるのは、本人にとってもかなり大変なんだ。時間がたてばたつほど、あちらへ行きにくくなる」

少し間を置いてから、宮子は恐る恐る訊《たず》ねた。

「あの空き地に注連縄《しめなわ》を張ったのって、お父さん？」

父がゆっくりとうなずく。

「ああ、私だ。あそこに住んでいた水野《みずの》さんのご親族から、お祓《はら》いを依頼されている」

水野という苗字《みょうじ》に、心臓が跳ね上がる。指先から血の気が引いていくのがわかった。

「あそこには昔、おばあさんが住んでいて、一時期お孫さんを引き取っていたんだよ。とても厳格な人でね。本人は孫のためと思って厳しくしつけていたらしい。神社に来ては、お母さんによく話していたなあ。『あの子は男好きするタイプだから気をつけないと、不幸になってしまう。私が守ってやらないと』って。お母さんは、お孫さんをもっと信用してあげてって言ってたんだがな。……しばらくしてその女の子は、再婚した東京の母親のところへ行った」

沙耶の話と同じだ。

「ところが、母親の再婚相手に魔が差した。その……義理の父親として許されないことをしようとして、誤って娘の命を奪ってしまったんだ」

指先が震える。息がうまく吸えず、いやな汗が背中に流れる。

「母親は、なんとか夫の罪を隠そうとした。自分のせいじゃない、不可抗力だという、夫の苦しい言い訳を信じずにはいられないくらい、認めたくない事件だったんだろう」

「どうして娘のサーヤよりも、そんな男の言うことを信じるのよ！」

たまらずに宮子は腰を浮かせて叫んだ。言ってから、沙耶の名前を出してしまったことを悔やんだが、父はそのまま会話を続けた。

「そうだね。母親はせめて娘の名誉を守るべきだった。お父さんも少しだけ知ってるけど、近所の人に元気よくあいさつするいい子だったよ、沙耶ちゃんは。お母さんもそう言っていた」

父は、沙耶の正体に気づいていたのだ。宮子はおとなしく座り直した。

「だが、現実を受け入れられない母親は、夫の嘘《うそ》を信じ込もうとした。彼女は自分の母親――水野のおばあさんに相談して、沙耶ちゃんの遺体を壺《つぼ》に入れて床下に埋めたんだ」

手足を折りたたまれた沙耶の亡骸《なきがら》が、スーツケースから大きな壺に移されるところが脳裏に浮かぶ。水色のワンピースが、暗い壺に吸い込まれる。長い髪の束が壺の口から出ているのを、誰かの手が中に押し込み、粘土で蓋《ふた》をする。

嫌な映像を振り払おうと、頭を振る。沙耶と同じポニーテールが空を切る。

「ひどい」

「おばあさんも母親も、平気なわけじゃなかったんだよ。おばあさんは毎日のように神社に来て、お母さんと長々話し込んでいた。御祈禱《ごきとう》を頼むことも多くて、当時は私もずいぶん熱心なものだと不思議に思っていたんだが、今思えばそういうことだったんだな。お母さんは、おばあさんの秘密にうすうす気づいていたのかもしれないね。勘のいい人だから」

父が、少し寂しそうに遠い目をする。

「おばあさんはだんだん痩《や》せ細《ほそ》って、素人目《しろうとめ》にも何かよくない病気にかかっている風だったのに、病院に行こうとしなかった。病名がわかっても、手術も治療も拒否してね。沙耶ちゃんのお母さんが無理やりホスピスに入れたけど、入所一カ月で亡《な》くなられたんだよ」

宮子はうつむいたまま、机の木目を見つめる。

「その直後、沙耶ちゃんのお母さんは自首したんだ。遺体は死後約一年半が経過していた。警察が来て騒ぎになったが、もう六年近く前のことだから、宮子は覚えていないだろうけれど」

いくら祖母と母親も苦しんだとはいえ、一年半も壺の中に放置された沙耶の悔しさには及ぶはずがない。

恐ろしい目に遭った上に、暗い土の下でひっそりと腐っていった沙耶のことを思うと叫び出しそうになり、宮子は唇をぐっと嚙《か》んだ。涙の粒がぱたぱたと落ちて、スカートの色を変える。

「遺骨は実の父親が引き取った。水野さんの家は、十日前にご親族が取り壊したんだ。今月の始め、刑期を終えた母親があの家の階段から落ちて骨折してな。縁起が悪いから、と」

「母親って、もう出所したの？」

「ああ。義父《ぎふ》はまだ服役中《ふくえきちゅう》だが、母親の罪は死体遺棄《したいいき》だから、たしか三年以下の懲役《ちょうえき》なんだ」

そんな短い刑期で戻ってくるなんて、納得できない。

「母親は勇気を出して家の様子を見に来たらしいんだが、足を滑らせて大怪我《おおけが》だ。おまけに救急車で運ばれるとき、しきりに沙耶ちゃんに謝ったり、迷わず成仏《じょうぶつ》してと泣き叫んでいたとかで、あそこは殺された女の子の霊が出るという噂《うわさ》が広まったんだ」

宮子は、腕で涙をぬぐった。

「罰《ばち》があたったのよ。ざまあみろだわ」

「宮子、いつも注意しているだろう。言葉には魂《たましい》が宿るから、不用意なことを言ってはいけないよ。たとえ、相手に非があると思えてもだ」

「でも……」

「よくない言葉を発すると、自分自身が穢《けが》れてしまう。自分のために、やめた方がいい。特に宮子は」

納得できない宮子が生返事をすると、父は咳払《せきばら》いをして続けた。

「それで、幽霊の噂を払拭《ふっしょく》し、母親の怪我も治るようにと、ご親族からお祓《はら》いを依頼されたんだ。禍《わざわい》をなすものを封じ、お祀りしてほしいと」

「禍って……。サーヤは悪くないよ。どう見ても被害者じゃない！　ようやくお母さんと一緒に暮らせると思ったのに、父親からあんな……」

洞穴《ほらあな》の中で垣間見《かいまみ》た沙耶の記憶が、宮子の脳裏によみがえる。

新しいお父さんだと信じ切っていた人が暴力的な男に豹変《ひょうへん》し、有無を言わさぬ力で押さえ込まれたときの恐怖。このまま続くと信じて疑わなかった日常が足元から崩れて、絶望の中で命を絶たれた無念。義父はもちろん、母親やこの世のすべてを呪いたくなって当然ではないか。

「ひどい殺され方をした上に、悪霊扱《あくりょうあつか》いして追い払うなんて、あんまりよ！」

我慢しきれずに涙が溢《あふ》れ出《で》る。

誰も沙耶の無念に耳を傾けていないし、彼女の死を悼《いた》んでもいない。ましてや義父や母親が心から詫《わ》びたわけでもない。それなのに、無理やり封じて祀ってしまうのはひどすぎる。宮子は声をあげて泣いた。

「そうだな。沙耶ちゃんは何一つ悪くない」

父が、宮子の思いを受け止めるかのように、穏やかに言う。

「彼女を守ってあげるべき大人が、助けないばかりか加害者に回った。亡くなった後でさえ。沙耶ちゃんがこんなひどい扱いを受けるいわれは、断じてない」

ようやく嗚咽《おえつ》を止めることができた宮子に、父が続ける。

「けれども、そのままにしておくと御霊《みたま》が自然霊と溶け合って、意思も理性も失った単なる『禍をなすもの』になってしまうんだ。友達と遊んだり、おしゃれを楽しんだりする普通の女の子だった記憶がだんだん薄れていって、悔しい、恨めしい、呪いたい、でもその相手が誰なのかさえ思い出せない、そんな悪意の塊《かたまり》として存在し続けなきゃならなくなる。それは、沙耶ちゃん本人にとってもつらいことだと思わないかい？」

否定することができず、宮子は唇を噛《か》んだ。

「だから、沙耶ちゃんが友達を欲しがったり、かわいいものに興味を示す女の子でいる今のうちに、あちらへ送ってあげよう」

父が諭《さと》すように言う。確かに、何十年もすべてを呪いながらこの世にとどまるのはつらすぎる。宮子はしぶしぶうなずいた。

「予定の日を待っていたのだが、こうなったら早い方がいい。明日、沙耶ちゃんの御霊《みたま》祭《まつり》をしよう。ご親族には事情を説明しておく」

父はお下がりの野菜を載せたお盆を持って、渡り廊下へと去っていった。

たぶん、父に祀ってもらうのがいちばんなのだろう。「禍をなすもの」になってしまう前に。沙耶が沙耶であるうちに。

でも、無理強いするのは納得がいかない。沙耶は思い残すことがあるから、この世にとどまっているのだ。なんとか彼女の未練を取り去ってあげたい。それが、ひどい目に遭った沙耶にできる、せめてもの手向《たむ》けではないだろうか。

宮子は電気を消して外へ出た。月のない夜空は暗い。

気を紛らわせようと、光の粒を集めて何か作ろうとした。が、何を作っていいか思いつかない。渦巻き状にしてぐるぐる回していると、炎をまとった真っ赤な鳥が現れ、頭上で振り返った。

「きゃあっ」

驚いて尻もちをつくと、鳥は光の粒に変わり霧散《むさん》した。

人の気配に振り向くと、寛太が立っている。

「下手な同情は、相手のためにならないぞ」

そう言って立ち去ろうとする寛太を、宮子は「待って」と呼び止めた。

口を開いた拍子に、赤い光の粒が入って舌の上で溶ける。その苦みに顔をしかめながら、沙耶も光の粒は苦いと言っていたことを思い出す。

「あの幽霊のことで話でもあるのか」

立ち止まった寛太が戻ってくる。相変わらずぶっきらぼうな物言いだ。暗いからさっきまで泣いていた顔を見られなくてすむことに、宮子はほっとした。

「あんまりきついこと言わないでよ。サーヤは何も悪くないんだから」

言い返してくると思ったのに、寛太は隣に立って宮子に同意した。

「そうだな、あいつは悪くない。むしろ、よくここまで自分を保てたもんだ。元々がいい奴《やつ》だったんだろうな」

寛太の言葉が意外で、宮子はその横顔を凝視《ぎょうし》した。

「でも、危険な奴って言ったじゃない」

「お前があいつの無念に形を与えてしまうのが、危険ってだけだ。弱められているとはいえ霊力があって、しかもあいつに同情的だ。波長が合うから体に入りやすい。あいつだってそこまで考えていなかったとしても、お前の体を乗っ取ることができると気づいてしまえば、悪い気を起こすかもしれない」

普段は盗みなんて考えもしない人が、誰も見ていないところに一万円札が落ちていたら魔が差してしまう感じだろうか。

「下手な同情はためにならないって、そういう意味だったの？」

まあな、と答える寛太の表情は、暗くてよくわからない。

「でもさ、なんの落ち度もないのにひどい殺され方をして、恨むなって言う方が無理だし、何か未練があるなら解消してあげたいじゃない」

急に会話が途切れた。待てども寛太の答えはない。急にとげとげしくなった空気に戸惑いながら、宮子は隣を窺《うかが》った。

「えっと……あの」

「……天にあげてやるのが本人のためなんだ！　死んでしまったらもう……どうしようもないじゃないか！」

絞り出すように言って、寛太が走り去る。玉砂利を蹴る音があっという間に遠ざかっていった。

そういえば、寛太の母親は「よくない亡くなり方」をしたのだと思い出す。

ずっと感情を抑えてふるまっていた寛太が、あんな声で叫ぶなんて。

軽々しいことを言ってしまったと後悔する宮子の口の中に、先ほどの光の粒の苦みがまだ残っていた。


目が覚めると、宮子《みやこ》は知らない家に迷い込んでいた。

薄暗い廊下の先に、扉の開いた部屋がある。覗《のぞ》いてみると、電気は点《つ》いておらず、ぼんやりと明るいカーテンが見えた。不揃《ふぞろ》いな円《まる》い柄が、外から照らされてシルエットになっている。それにしても不規則な水玉模様だなと、宮子はカーテンを凝視した。

それは水玉模様ではなく、血しぶきだった。

模様と勘違いするほど、カーテン中に飛び散っている。

床は一面の血の海だ。その中に、女の人がうつ伏せに倒れている。

傍《かたわ》らには、少年が座り込んでいた。泣くことすらできず、表情を失った顔で虚空《こくう》を見つめている。寛太《かんた》だ。

廊下から足音がして父親らしき男の人が現れた。彼は目を見開いて硬直し、我に返ったとたん、絶叫した。走り寄ろうとして血で足が滑り、床に倒れ込む。

服を血で汚しながら這《は》っていき、女の人を抱き上げた。が、切られた首の傷のせいで、ウェーブのかかった長髪の頭が不自然に垂れ下がり、男の人はまた叫ぶ。

その声を聞いても、寛太は動かない。眉ひとつ動かさない。

場面が急に切り替わった。

包丁を持ち、裸足《はだし》で玄関を飛び出す寛太を、父親が追いかけている。門の手前で、父親が寛太を抱き止めた。その腕を振りほどこうと、寛太が大声で叫びながら暴れる。吊《つ》り上《あ》がった目に浮かぶのは、これ以上ないくらい強い怒り。父親は自分の手が傷つくのも構わず、息子の手から包丁を奪い取って庭の植え込みに投げた。

武器を奪われた寛太は、それでも必死でどこかに行こうと前進しながら、繰り返す。

『殺してやる！　殺してやる！』

父親は泣きながら、何度も何度も寛太の名前を呼び続ける。開け放たれた玄関の奥から、テレビの音声が漏れ聞こえてくる。

『繰り返します。先ほど、大阪主婦強盗殺人事件の犯人が逮捕されました。犯人逮捕、犯人逮捕です』


再び目が覚める。今のは夢だったのか。

すぐに状況が呑《の》み込《こ》めず、宮子《みやこ》はあたりを見回した。カーテンの向こうがほんのりと明るくなっている。黄緑色の無地のカーテンで、もちろん水玉模様はない。

時計は五時を指していた。夢のせいで、まだ心臓がどきどきしている。

口の中は苦いままだ。

昨日、寛太《かんた》が作った光の粒を口にしたから、あんな夢を見てしまったのか。ということは、あれが寛太の母の「よくない亡《な》くなり方」なのだ。血の海に横たわる女性を思い出して、宮子はぞくりとした。

起き上がって寝汗を拭きながら、カーテンを開ける。サッシの鍵に手をかけようとして、境内の木の下に寛太が座っているのを見つけた。

結跏趺坐《けっかふざ》の姿勢で瞑想《めいそう》している。母親を回向《えこう》するためだろうか。

「どうしようもないじゃないか！」という昨夜の彼の叫びがよみがえる。夢の中で見た、忿怒尊《ふんぬそん》のような吊《つ》り上《あ》がった目も。

宮子に対してだけ無愛想だった彼の態度に、ようやく納得がいった。

気づかれたくなかったのだ——心の壁の向こうに隠した憎悪《ぞうお》を。霊力のある宮子なら、こんな形で共鳴して、見ることができてしまうから。

そっとカーテンを閉める。泣けない寛太の代わりなのか、涙がにじんでくる。

寛太にとっては、何の落ち度もなく強盗に殺された母親と、義父に殺されて幽霊になってしまった沙耶《さや》とで、重なるものがあったのだろう。だから、早く天へ送ってあげることにこだわっていたのか。

沙耶のことも寛太のことも、自分は何もわかっていなかった。

宮子はカーテンを握ったまま立ち尽くした。


朝食をすませた寛太が、風呂場《ふろば》で白衣の手洗いをしている。洗濯機を貸そうかと言っても、「これも修行のうちだから」と断られたのだ。

昨夜のことを謝ろうとしたが、寛太は「今、洗濯中」と宮子の言葉をさえぎった。ちらりと見せた弱さを「なかったこと」にしたいのだろう。

肩まで袖をまくった彼の左腕に、茶色く変色した傷痕《きずあと》が何本もあるのが目に入る。自分で自分を切りつけたのだろうか。

痛々しさに目をそむけながら、宮子は家族の分の洗濯物を洗濯機に入れた。

ベランダで洗濯物を干しながら空き地の方を眺めるが、屋根に阻《はば》まれてほとんど見えない。

昨日、「また明日」と約束したのに、このまま父に祀られてしまっては、沙耶も納得できないだろう。でも、どうすればいいのか、まだ心が定まらない。

「宮子」

階段下から父の声がした。

「隣町の信者さんが亡《な》くなられたから、出かけてくる。通夜祭《つやさい》の打ち合わせもあるから、昼過ぎに帰る。御霊祭《みたままつり》はそれからだ」

玄関まで父を見送ると、今度は寛太が来た。

「老師《ろうし》のところへ行ってくる。また握り飯を作るから、昼前に炊飯器を貸してくれないか」

「うん、わかった。いってらっしゃい」

地下足袋《じかたび》を履き金剛杖《こんごうじょう》を持って、寛太が出ていく。これで家には、宮子と鈴子《すずこ》だけになった。

沙耶に会うなら今しかない。とにかく行こう。

テレビを観《み》ている鈴子に気づかれないよう、宮子は玄関に向かい、ガラガラと鳴る引き戸をそっと開け閉めした。社殿に一礼してから、砂利道を走る。

空き地に着いて、宮子は愕然《がくぜん》とした。

四隅の棒に、斎竹《いみだけ》がくくりつけられている。紙垂《しで》のついた注連縄《しめなわ》も張られ、強力な結界を形作っていた。

——お父さんだ。

空き地に入り、正方形の結界に歩み寄る。前は壺《つぼ》が埋まっていたはずなのに、ただの更地だ。もう、沙耶は封じられてしまったのだろうか。

「サーヤ……」

蟬時雨《せみしぐれ》が宮子の声を掻き消す。結局、何もできないどころか、さよならさえ言えなかったなんて。呆然《ぼうぜん》と立ち尽くしていると、かすかな音がした。

ぼこり。

結界内の土が割れ、人の頭が出てきた。

あのオレンジ色の髪飾りは、沙耶だ。目の下まで出たところで、動きが止まる。腫《は》れぼったい瞼《まぶた》で白目をむき、宮子を睨《にら》みつけている。

「サーヤ。ごめん、こんなことになって。あの……」

何と言えばいいのかわからない。沙耶の頭がさらに出て、首まで現れる。唇が、血濡《ちぬ》れているように赤い。

「宮子、あんたのこと友達だと思ってたのに。父親に告げ口して、あたしをあっちへ送ろうとするなんて」

沙耶の目が、不自然に吊《つ》り上《あ》がる。

「ちが……、確かに、サーヤが自然霊に乗っ取られちゃう前に、あっちの世界へ行った方がいいと思うけど、これはお父さんが……」

「ほら、やっぱりあたしをこっちの世界から追い払いたいんじゃない！」

裂けているかのように大きく開いた口で、沙耶が叫ぶ。昨日とはまるで別人だ。怖さで足がすくむ。

「私、サーヤのためにできることがあれば、協力したいの。未練をなくせば、あちらで幸せになれると思うから」

「宮子。あんたって本当に、苦労知らずのイイ子チャンね。あたしは幸せになんてなりたくないの。不幸でみじめなこの姿を、ママに見せつけてやりたいのよ。ママのせいでこんなになったんだ、どうしてくれるのよって」

沙耶が土の中から両手を出し、胸のあたりまで這《は》い上《あ》がってくる。

「久しぶりに会えたのに、ママったら、あたしのこと見て逃げ出したのよ！　顔をくしゃくしゃにして『迷わず成仏《じょうぶつ》して』なんて言って。認めたくないことから逃げるのは、昔とちっとも変わってない。だから、追いかけて、何度でもこの姿を見せてやるの」

下手な同情は相手のためにならない、という寛太の言葉が重くのしかかる。

自分は甘かったのだ。友達のためにと思いながら、結局は自己満足で、沙耶の復讐心《ふくしゅうしん》に火をつけてしまった。

「そうだ、宮子。協力したいって言うんなら、体を貸してよ。あたし、どうしてもママのところに行きたいの。このままじゃ気がすまない」

腰まで出てきた沙耶が、地面に這いつくばってこちらに手を伸ばす。結界を出ることはできないはずだが、宮子は思わず後ずさった。

「お姉ちゃん、電話だよー」

鈴子だ。どうしてここがわかったのだ。振り向くと、妹がすぐそばまで来ていた。

「鈴ちゃん、だめ。一緒に帰ろう」

あわてて駆け寄ったが、鈴子は宮子の手をすり抜けて、結界の方へ近づいた。

「なに、これ。お父さんのバサバサ串《ぐし》と同じのがついてる」

鈴子が紙垂に触ろうと手を伸ばす。

「鈴ちゃん！」

鈴子の肩をつかみ、引き戻そうとする。が、一瞬早く、鈴子の指が結界内に入ってしまった。それを、沙耶がすかさずつかんで引っ張る。

「いやあ、痛い、痛い！」

指を引っ張られた鈴子が泣く。

「案外強そうだし、この子でいいわ。宮子、手を離して」

宮子は必死に鈴子の体を抱きとめた。絶対に、渡してはいけない。

「痛いよう。指がとれちゃうよう」

鈴子が泣き叫ぶ。宮子は結界に腕を突っ込み、沙耶の手を振りほどこうとした。

「やっぱり、あんたの方がいい」

沙耶が素早く鈴子の指を離して、宮子の手首をつかむ。骨が折れるかと思うほどの痛みが走った。

「鈴ちゃん、お父さんを呼んできて！」

「でも……でも、お父さん、どこ〜？」

鈴子が泣きじゃくる。そうだ、父は出かけていたのだった。

沙耶の力は強く、必死で踏ん張っても結界の中へと引き寄せられていく。長くはもたない。どうすれば……。

誰かが走ってくる足音がする。寛太だ。彼は気合と共に、金剛杖《こんごうじょう》で沙耶の手を打った。

「ぎゃあっ」

沙耶の手が離れる。宮子は反射的に手を引っ込めた。握られたところが、赤黒く変色している。

「なにするのよ、このくそボウズ！」

「ああ、来週には坊主《ぼうず》になるさ。お前こそ、自分ばかり憐《あわ》れむのはよせ」

寛太が立ちはだかって、宮子と鈴子を隠す。

「うるさい、あんたなんかにわかるもんか。義理の父親にひどい目に遭《あ》わされて、それなのにママは、あたしよりあいつを信じた上に、あたしを壺《つぼ》の中に隠した。おまけに、この姿を見て逃げ出したのよ！　絶対に許さない。追いかけて、追い詰めて、泣きながら詫《わ》びさせてやる。ママも同じくらい不幸になればいいんだ」

沙耶の大きな口がゆがみ、皮肉めいた笑みを浮かべる。

「そうか。それは悔しかっただろう。……じゃあ、お前の望み、叶《かな》えてやろうか」

寛太が低い声で言う。後ろ姿だから、表情は見えない。

「行者《ぎょうじゃ》の修する護摩《ごま》に、調伏法《ちょうぶくほう》というのがあってな。昔から、敵を呪い殺すのに使われていた。現代でも、一般に知られていないだけで裏ではよく行われている。呪われた相手は、病気で衰弱したり事故に遭ったりして、死に至る」

密教《みっきょう》にそのような修法《しゅうほう》があることは、漫画で読んだから宮子も知っている。しかし、かなりの修行を積み、師僧《しそう》に認められた者以外には秘されているはずだ。

「俺にも、呪い殺したい奴《やつ》がいてな。まだ法は伝授されていないが、自分なりに調べた。見よう見まねなら、修することができるぞ」

沙耶が動きを止めて、寛太を見上げる。

「呪いたい相手の住所と名前、生年月日がわかればいい。さあ、母親の名前は？」

沙耶は唇を噛《か》んだまま、一言も発さない。

「どうした、名前だよ。……そうか、義理の父親の方を先にやってほしいか。じゃあ、二人まとめて呪ってやるよ。ほら、名前は？」

上目遣いに寛太を睨んでいた沙耶が、眉根を寄せて目をそらした。その表情はどこか、哀《かな》しそうにも見える。

寛太が小さくため息をつく。

「お前、本当は、母親を呪いたいわけじゃないだろう。母親が今までのことを詫《わ》びて、今度こそ自分を愛してくれるんじゃないかと期待しているんだろう」

沙耶がうつむいて顔を隠す。

「憎めないんなら、もう赦《ゆる》してやれよ」

寛太が光明真言《こうみようしんごん》を唱え始めた。異国の音楽のような調べが、空き地に響き渡る。

「やめて、やめてよ！　赦したりなんかしたら、あっちへ行ってしまったら、もうママに会えなくなっちゃうじゃない……。やめてってば」

沙耶の肩が、小刻みに震える。

「あたしはただ、ママに会いたかっただけなのに、ママが逃げたりするから……」

真言を何回か唱えた寛太が、宮子に耳打ちする。

「このままそっとしておこう。あとは、管長《かんちよう》さんにお任せすればいい」

寛太が鈴子を連れて、神社へ戻ろうとしている。けれども、宮子は動けなかった。

――本当に、これでいいの？　私がもしサーヤだったら……。

宮子は、沙耶の周りを囲う注連縄《しめなわ》をほどきにかかった。

「バカ、よせ！　結界が破れる」

寛太があわてて駆け寄ってくる。

「破ってるのよ！」

寛太に手を押さえられる。

「ここにとどまっても、余計に苦しむだけだろう。あちらに送ってやった方が、こいつのためだ」

宮子は寛太の手を振りほどき、正面からその目を見据えた。

「ホントにそうなの？　自分の目で見たの？」

寛太の動きが止まる。

「お父さんだって言ってた。死んだことがないから、自分にも本当のところはわからないって」

宮子の剣幕に押された寛太が、目を丸くしてこちらを見ている。

「あっちに行った方が楽になるのに、サーヤがこの世にとどまっていたのは、理由があるからでしょ？」

宮子は、視線を寛太から沙耶に移した。

「それだけ、お母さんに会いたかったのよ。恨むとかそんなんじゃなくて、もう一度『沙耶』って呼んでほしくて、抱きしめてほしくて、その想《おも》いだけで何年も待ってたんだよ。……わかるよね、その気持ち」

寛太の目が泳ぐ。

「お願い、何も知らなかったことにして」

宮子は、再び注連縄《しめなわ》を解きにかかった。

「ひとつ聞く。結界を破って、どうするんだ？」

沙耶に聞こえないよう、寛太が小声でささやく。

「お母さんに会わせる。最近、骨折して救急車で運ばれたって聞いたから、市内の総合病院にいるはずよ。捜せば見つけられると思う。……私が一緒にいれば、サーヤを外に連れて行けるんでしょ？」

縄を掻《か》き出《だ》そうとして爪先を激しく引っかけてしまい、宮子は悲鳴をあげて指を押さえた。再び縄に手を伸ばそうとすると、寛太が割り込んでくる。

「貸せ。コツがある」

意外な手助けに、寛太の横顔をまじまじと見つめてしまう。彼の額から流れる汗が顎《あご》まで伝うより先に、注連縄《しめなわ》がゆるんだ。

「よし」

寛太がほどけた縄を手繰って、斎竹《いみだけ》を引き抜いた。宮子も、反対側の縄を持ち、竹を引き抜く。紙垂のついた注連縄《しめなわ》を地面に置くと、寛太と目が合った。彼は小さくうなずき、沙耶の方を顎でしゃくる。

結界から解放された沙耶に、宮子は駆け寄って手を差し出した。

「サーヤ。……会いに行こう、お母さんに」

赤く腫《は》れぼったい目で、沙耶が宮子を見上げる。もう一度手を差し出すと、ようやく手を取ってくれた。指が氷のように冷たい。

宮子が引っ張ると、腰まで埋まっていた沙耶の体は、すんなりと地表に出てきた。

「ママ……」

その顔は青ざめ、心なしかふらついている。結界が強かったから、力を奪われてしまったようだ。

「お姉ちゃん」

妹が、寛太の後ろに隠れてこちらを見ている。宮子と寛太の霊視能力に同調しているのか、今は鈴子にも沙耶を知覚できるらしい。何もないところから突然人が現れたように見えるのだから、驚くのも無理はない。

「鈴ちゃん。お姉ちゃん、友達と出かけてくるね。家に帰ってお留守番してて」

「やだ、鈴子も行く！」

怯《おび》えて寛太の足から離れないくせに、頑《がん》として帰ろうとしない。

「お願い。家でお父さんが帰ってくるのを待ってて。お姉ちゃん、大事な用があるの」

「やだ！」

途方に暮れていると、寛太が鈴子の前にしゃがみ込み、芝居がかった声で言った。

「柏木《かしわぎ》鈴子隊員をこれより少佐とし、通信部主任に命ずる！」

寛太がアニメの真似《まね》をして敬礼すると、鈴子も勢いよく敬礼を返した。

「いいかい、この任務は、全員のチームワークがあって初めて成功できる。鈴子少佐は、通信部主任として、管長さんにメッセージを伝えるという大事な役目を任されたんだ。できるだろ？」

「はいっ！」

とびきりの笑顔で、鈴子が答える。寛太が「お前もうまく話を合わせろ」とばかりに宮子を目で促す。

「えっと……鈴子少佐、これより帰宅し、我々が青垣《あおがき》総合病院に向かった旨《むね》、管長に報告すること」

戸惑っている鈴子に、わかりにくかったか……と宮子は嚙《か》み砕《くだ》いて言い直す。

「家に帰って、お父さんに『お姉ちゃんたちは青垣総合病院に行きました』って伝えて」

ようやく理解した鈴子が、宮子に向かって敬礼する。

「はい！　お父さんに、アオガキソーゴービョーインに行きましたって伝えます！」

地面に置いておいた金剛杖《こんごうじょう》を手に取り、寛太が後を引き受ける。

「よし。では、各自任務に当たれ」

家の方へと走り出す鈴子を見て、宮子は安堵《あんど》のため息をついた。

「ありがと。子どもの扱い、上手なんだね」

「お前だってまだ子どものくせに。同じ目線でものを考えた方が、話は早いぞ」

「アニメが好きってこと？」

「仲間はずれは嫌ってことだ」

寛太が、沙耶の方をちらりと見る。

「大分消耗《しょうもう》しているな。タクシーで行こう」

「じゃあ、お金を取ってこなきゃ」

宮子が言うと、寛太は首から下げたお守り袋を手繰りよせ、中の一万円札を見せた。

「親父《おやじ》がな、つらくなったらいつでもこの金で帰ってこいって、持たせてくれたんだ」

「そんな大事なお金……」

「見くびるなよ。俺は絶対、しっぽを巻いて逃げ帰ったりしない。だから、この金は別のことに使う」

走り出そうとする寛太を、宮子は呼び止めた。

「あの……ありがとう、本当に」

振り返った寛太がかすかに苦笑する。

「あれだけ必死になられたら放っておけないだろ。そいつのこと泣かせたままじゃ、後味も悪いし。……三輪駅のタクシーを回してくるから待っててくれ」

走り去る寛太の背中を見送ると、宮子は沙耶を気遣いながら、道路際まで慎重に歩いた。

「宮子、ごめんね。あたし、宮子にひどいことしたのに……」

「いいって、いいって」

「どうしても、ママに会いたかったんだ」

「うん。……疲れるから、もうしゃべらない方がいいよ」

エンジン音がしてタクシーが現れた。助手席に寛太が乗っている。ドアが開くと、沙耶を後部座席の奥に座らせ、宮子も続いた。

タクシーが目的地へと走り出す。運転手は自分たちのことを、入院中の親の元へと急ぐ子だと思っているのだろう。子どもだけでは駄目だと乗車拒否されなくてよかった、と宮子は思う。

十分ほどで、青垣総合病院の玄関前に到着した。先に行けという寛太に支払いを任せ、宮子は沙耶を連れて車を降りる。

案内板によると、外科病棟は五階だ。エレベーターを探し、ボタンを押して待つ。ちょうど扉が開いたところで寛太が追いついた。

ようやく五階に着く。建前上面会はナースステーションで記名しなければならないが、大半の人は素通りだ。宮子たちは平静を装《よそお》って通り過ぎる。

寛太が沙耶に母親の名前を聞いて名札を確認して回り、奥から二番目の病室前で手招きをした。やはりここに入院していたのだ。

「サーヤ、もうすぐ会えるよ」

だが、沙耶は急に立ち止まった。

「……やっぱり、怖い。また逃げられたら、どうしよう」

大丈夫だよ、と言おうとして、宮子は言葉を呑《の》み込《こ》んだ。

確かに死んだはずの沙耶が会いに来たら、母親は自分が恨まれていると思い、怯《おび》えるだろう。それだけのことをしてしまったのだから。

ためらっていると、寛太がこちらに来た。

「水野奈保《なほ》さん、で合ってるよな」

母親の名前を確認されて、沙耶が小さくうなずく。

「六人部屋だけど、二人は寝ているし、三人は留守だ。今のうちに」

しかし、沙耶は力なく座り込んでしまった。

「いい。やっぱりいいよ。ママに嫌われたくない。また『幽霊だ！』って怖がられるのは、いや」

そうか、母親が沙耶を怖がったのは「幽霊」だからだ。

母親も「見える人」なのだと、沙耶は言っていた。それならば。

「サーヤ、私に任せて。お母さんが、絶対怖がらないようにするから」

不安げに見上げる沙耶に、宮子は思いついた計画を話した。

沙耶《さや》の母親は、間仕切り用のカーテンを足首のあたりまで閉めて、窓際《まどぎわ》のベッドに寝ていた。頬がやつれたその女性は、目袋と、ぽってりした唇が、沙耶によく似ている。

宮子は静かに部屋へ入ると、ベッドの脇に座り込んだ。

気配を消して窓際まで進んだ寛太が、そっと遮光カーテンを閉めてベッドの陰に座る。

廊下から光は漏れるが、これならかなり薄暗い。

沙耶がためらいがちに入ってきた。ベッドの正面に立ち、母親の寝顔をそっと見つめる。

「ママ」

沙耶が声をかける。母親の瞼《まぶた》が動き、ゆっくりと開く。

宮子は全神経を集中させて、光の粒を集めた。

母親が、はっと息を呑《の》む音が聞こえる。

ベッドの向こうに立つ沙耶に、目を奪われているのだろう。

純白に輝く羽を背中に生やし、頭に金色の輪をつけた娘の姿に。

「沙耶……」

宮子はこっそりと沙耶の母を覗《のぞ》き見た。その表情に、怖《おそ》れや怯《おび》えはない。

沙耶の背後から金色の光が放射状に放たれて、さらに神々《こうごう》しさを増す。そこまではデコレーションしていないのにと思っていると、結跏趺坐《けっかふざ》の姿勢の寛太が合掌している。力を貸してくれているのだ。宮子も負けじと翼を広げ、沙耶を美しく飾り立てた。

沙耶の母親の目から、涙がこぼれ落ちる。彼女は起き上がり、額《ぬか》づくように頭を下げた。

「ごめん、ごめんね。こんなママで、ごめん」

泣きながら詫《わ》び続ける母親を、沙耶が戸惑い気味に見ている。眉根を寄せ唇を嚙《か》む顔に浮かんでいたわずかな怒りは消え、次第に泣くのを堪《こら》えるかのような表情になる。

言い表すことのできない感情をすべて呑み込むように、諦観《ていかん》の表情を浮かべた沙耶は、やがて穏やかに告げた。

「もういいよ、ママ」

顔をあげた母親に、沙耶が微笑《ほほえ》む。母親はギプスのはまった右足を庇《かば》いながら、おずおずと近づいて沙耶へと腕を伸ばした。

「沙耶」

母親は、ためらうことなく沙耶を抱きしめた。

「……ママぁ！」

ずっと堪えてきたものが堰《せき》を切ったかのように、沙耶も夢中で母親に抱きつく。大人びていた沙耶の顔が涙でくしゃくしゃになり、小学生の女の子のそれに戻る。

抱き合う二人をはさんで、宮子と寛太は顔を見合わせ小さくうなずいた。

しばらくして、母親は睡眠薬でも飲んだかのように眠りに落ちた。

結跏趺坐《けっかふざ》を解いた寛太が立ち上がる。

「無意識とはいえ霊視能力を使いすぎたからな。疲れて寝ているだけだろう。心配ない」

沙耶が涙を拭いて、こくりとうなずく。

「ありがとう、二人とも。これでもう思い残すこと、ない」

そう言ったとたん、沙耶は体をびくりとさせ、呆《ほう》けたように虚空《こくう》を見つめた。

「サーヤ、大丈夫？」

「ん……。上に行きたい。行かなきゃ」

「上？　上って……」

突然、沙耶が我に返って走り出した。先ほどまでの弱々しさが嘘《うそ》のようなしっかりとした足取りで、病室を飛び出す。宮子と寛太もあわてて後を追った。

「何？　サーヤ、急にどうしたの？」

寛太が横に並び、息ひとつ乱さずに言う。

「帰幽《きゆう》だ。思い残すことがなくなったから、行くべき場所へ行こうとしているんだ」

階段を駆け上がっていった沙耶に続いて、屋上への扉を開ける。強風にはためく洗濯物を掻《か》き分《わ》けて進むと、沙耶が空の一点を見つめて立ち尽くしていた。

視線の先を追うと、曇天《どんてん》の中にひとつだけ、低い位置に漂う白い雲がある。その雲は、内側からまばゆいばかりに光り輝いていた。

「あそこに行きたい」

振り返った沙耶が、白い雲を指さす。

「管長《かんちょう》さんを呼んでくる」

引き返そうとする寛太に、沙耶が首を振る。

「ううん、宮子に送ってほしい」

金剛杖《こんごうじょう》を地面でコツンと鳴らし、寛太が言う。

「無理だ。集中力が養われていない素人《しろうと》がやるには、危険すぎる」

「やだ。宮子がいい。それにもう時間がない」

沙耶の身体《からだ》がうっすらと透けて見える。光る雲も風にあおられて、ふちの方がわずかにほころび出した。

今、沙耶を天へ送らなければ手遅れになるのだ、と宮子は直感した。

沙耶は七年半もこの世にとどまり、しかもこの数日でかなり無理をしている。もう自分の力では天にあがれないほど弱ってしまったのだ。

宮子は拳を握りしめ、心を決めた。

「私、やる。祭祀《さいし》は心が大事なんだって、前にお父さんが言ってた。だったら、友達の私しかいないでしょ。サーヤは初めてできた友達なんだもん。絶対に送り届けてみせる」

宮子と沙耶を見比べた寛太が、しょうがないとでも言いたげな顔でうなずいた。

「わかったよ、もう止めない。ただし、危なっかしくて見てられないから俺も手伝うぞ。得度《とくど》してないから俺だって力は弱いけど。……鈴子ちゃんの伝言を聞けば、管長さんがすぐに来てくださるはずだから、それまでもたせよう」

三人は、人目につかないよう隅に移動した。洗濯物がちょうど目隠しになってくれる。

「ようは、あの光る雲のところまでサーヤを連れていけばいいんでしょ？」

「ああ。こいつがあそこまでたどり着くところを、具体的にイメージするんだ。はしごを作ってのぼらせてもいいし、鳥に乗せて飛んでもいい。ただし、絶対に集中力を切らすなよ。少しでも雑念が入ると、術がほころんでしまうからな」

集中力、と自分に言い聞かせ、宮子はうなずいた。

「サーヤ、私、がんばる」

「ありがと。信じてるよ、宮子のこと」

沙耶の笑顔を心に刻みつける。とうとうお別れだ。

すぐ隣で寛太が結跏趺坐《けっかふざ》の姿勢で瞑目《めいもく》して合掌する。宮子も目を閉じて深呼吸をした。

――集中しなきゃ。サーヤを無事に送るために。

瞼《まぶた》の裏の暗闇に、光の粒を寄せ集めてはしごを作る。

その端を沙耶の前にしっかりと置き、空へ向けてはしごを一段ずつ延ばしていく。

沙耶がはしごに手をかけ、足を乗せた。強度を確認すると、上に向かってのぼり始める。

近くの工場の屋根を越し、一段また一段と、沙耶が光る雲へと近づいていく。宮子は沙耶に追いつかれないよう懸命に光の粒をイメージし、空中にはしごをかけ続けた。

しかし雲にはまだ遠く、宮子がはしごを延ばす速度は、だんだんと落ちていく。少しでも気を抜くと注意が他へ向いて、頭を休めようとしてしまうのだ。全身から汗が噴き出し、足がふらつく。

とうとう、沙耶がはしごの先に追いついてしまった。

「宮子、大丈夫？」

沙耶の心配そうな声がする。

正直、大丈夫じゃない、疲れで集中力が今にも切れそう――。

突然、何かの警報音が鳴り響いた。

「ひゃっ」

車の盗難防止装置の音だと気づいたが、びくりとしたほんの一瞬で、イメージのはしごが崩れ出す。

あわててはしごをかけ直したが、強度が足りない。このままでは消えてしまう。

「サーヤ！」

とっさに手を差し伸べる。

いつの間にか宮子の体は、沙耶の手をつかんだまま宙に浮かんでいた。

眼下に、病院の屋上が見える。真っ白な洗濯物がはためく隅に、寛太が座っていた。その隣に倒れているのは、宮子自身。

意識が体を飛び出してしまったのだ。

自分の状況を把握したとたんに、かろうじて残っていたはしごがすべて消えた。

――落ちる！

宮子が身をすくめた瞬間、腹に衝撃が走った。

腹に巻きついた縄が、落下を止めてくれている。沙耶の手をしっかりと握ったまま、宮子は縄の出どころを見上げた。

「あ……！」

そこには、炎をまとった寛太がいた。

意識を体の外に飛ばして助けに来てくれたのだ。

縄のもう一端を握って宙に浮かぶその姿は、羂索《けんさく》で人々を吊《つ》り上《あ》げて救う明王《みようおう》が顕現《けんげん》したかのようにも見える。

「何分かは時間を稼げる。今のうちにはしごを出すんだ！」

寛太が叫ぶ。

宮子はあわててはしごをかけ直そうとした。しかし今度は地面から距離がありすぎて、ここまではしごを延ばすのが難しい。早く早くと焦《あせ》るほどイメージがぶれてしまう。

「落ち着け！　はしごじゃなくていい、鳥でも、空飛ぶ絨毯《じゅうたん》でも」

寛太の声に、宮子は気を取り直して大きな鳥を作ろうとした。自分の手にぶら下がっている沙耶の真下へ、ちょうど鳥の背が来るように——。

そのとき、腹に巻きついていた縄が解け始め、体ががくんと前のめりになった。

「きゃあっ！」

せっかく形になりかけていた鳥が消えてしまう。

姿勢が傾いたせいで、胸元にしまっていた勾玉《まがたま》が服から滑り出る。

あ！　と思ったときにはもう、大切な母の形見は落ちていき、宮子の視界から消えた。

「お母さん……」

腹に巻きついていた縄が完全に解け、空中に放り出される。

宮子は沙耶の手をぎゅっとつかんだまま、真っ逆さまに墜落した。


「お母さん、助けて!!」

宮子の叫び声に呼応するかのように、突如として下から旋風が巻き起こった。

風圧で浮き上がった体を、誰かに抱きとめられる。

沙耶の手を固く握っていた指を一本一本やさしくほどかれ、代わりにひんやりとしたものを手のひらに置かれる。握り慣れたこの形は、さっき落ちていったはずの勾玉《まがたま》だ。

——あなたは、まだよ。

聞き覚えのある声で、宮子は我に返った。

目を開けると、一面に曇天が広がっている。背中には堅いコンクリートの感触。

宮子は屋上で、大の字になって倒れていた。意識が体に戻ったのだ。

「サーヤ、サーヤは？」

宮子はあわてて起き上がった。

「上だ！」

寛太の声に頭上を見ると、そこにはたてがみをなびかせた白銀の龍がいた。

大きな龍は宮子たちをちらりと見ると、鱗《うろこ》をきらめかせながらしなやかに動き、頭をこちらに向けて止まった。

龍の頭から、沙耶がひょこりと顔を出す。

「龍に乗せて連れていってくれるんだって！　……宮子、ありがとう。ホントに」

「サーヤ！」

言いたいことがたくさんあるはずなのに、言葉が出てこない。代わりに、宮子は両手を大きく振った。沙耶があちらでいつも笑っていられるように、と祈りながら。

——一緒に過ごしたこと、ずっとずっと忘れないよ。大好きな、私の初めての友達。

別れを惜しむように手を振り返してくれる沙耶の後ろに、白い衣を着た女の人が現れた。

ふと、長い黒髪が風になびき、その女性の顔があらわになる。

――まさか。

一日たりとも忘れたことのないあの顔、懐《なつ》かしい微笑《ほほえ》み方は――。

「お母さん！」

宮子の声が届いたかどうかもわからないうちに、龍が動き始め天へと昇っていく。

沙耶と母を乗せたその姿は小さくなり、光る雲の中に入ると、見えなくなってしまった。

光を放っていた雲が暗くくすんでいき、風に吹かれてほどけ、空と同化する。

その様子をじっと見上げていた宮子は、緊張が解けてぺたりと座り込んだ。

「なんだか、すごく眠い……」

寛太が、あわてて隣にしゃがみ込む。

「おい、大丈夫か？　待て、こんなところで寝るなって。おい」

薄れかけていく意識の中で、父の声が聞こえた。

「宮子、寛太君、無事か！」

洗濯物に阻《はば》まれて見えないはずなのに、父が迷うことなくこちらへ走って来るのがわかる。白いシーツを掻き分け、紫の袴《はかま》をひるがえしながら。

――お父さんも、龍に乗ったお母さんを見たかなぁ。

翌朝早く、吉野《よしの》に戻る玄斎《げんさい》と寛太《かんた》を、宮子《みやこ》は父と一緒に見送った。

昨日、宮子はあのまま屋上で眠り込んでしまい、父に背負われて家に帰ったらしい。目が覚めたのは真夜中。怒られるのを覚悟でまだ起きていた父のところへ行ったが、「明日、五時に玄斎様と寛太君を見送るから、宮子も早起きするように。お風呂《ふろ》に入ってもうひと眠りしなさい」と言われただけだった。

父は、事の次第を寛太から聞いたようだ。宮子が謝ると「友達のためを思うのはいいことだ。でも、もう少しお父さんのことも信用してほしかったな。……まあ、宮子も成長した、ということか」と、寂しそうに笑った。

お風呂に入ってからさらに眠ったのに、宮子はまだ体のだるさが取れなかった。対して、玄斎の後ろに控えている寛太は、大きな荷物を背負いながらも疲れた様子は微塵《みじん》もない。

「さて、力を抑える加持《かじ》はどうしますかな」

数珠《じゅず》を右手に持った玄斎が、宮子の正面に立つ。宮子ははっきりと言った。

「これからは、自分の力を受け入れていこうと思います」

「そうか。自分でそう決めたのじゃな」

「はい。……玄斎様、今まで私の力を抑えてくださっていたのは、何か理由があったのでしょうか」

玄斎が父の方を見る。父は言いにくそうにしていたが「知っておいた方がいいだろう」と口を開いた。

「小学一年生のころ、お母さんが死んだ後にな、宮子は偽物《にせもの》のお母さんを創《つく》っていたんだ」

一瞬意味がわからなくて、ぽかんとする。

「チベットのタルパに近いかな。誰かの姿形や性格、言動を詳しく想像して現実世界に重ね合わせて動かしていると、その人が実体を持っているみたいに目の前に現れて、会話もできるようになるというものだ。宮子は『お母さんが生きていたら』と克明《こくめい》に想像するあまり、お母さんのタルパ、人工霊体を創り出してしまったんだ」

言葉を失う宮子に、玄斎が続けた。

「自分で制御できているうちはいいんじゃが、暴走すると意識を乗っ取られることもある。言うことを聞かなくなった人工霊体のことを『怖い』と思うと、『お母さんの顔をした化け物』になってしまう。まだ小さい宮子君にそんなものは見せたくなくてな。お父さんと相談して、もっと成長するまでは霊力を抑えることにしたんじゃよ」

そういえば、遺影の前で母に語りかけていたら、本物の母が答えを返してくれたように思ったことが何度もあった。あれは、自分自身が創り出した幻像だったのか。

しょんぼりしている宮子に、玄斎が言う。

「まずは、大切な人の死を受け入れることじゃ。その上で、心の中のお母さんを愛《いと》おしみ、共に生きなされ」

はい、と答える宮子の頭に、玄斎が数珠《じゅず》で軽く触れる。

「これはお守りの加持じゃ。正しく物事を見ることができるように」

ふっ、と体が軽くなり、視界が鮮やかになる。空気の流れまでもが目に見えるようだ。

「精進《しょうじん》なさいよ」という言葉に、宮子は力強く「はい」と答えた。

寛太が近づいてきて、気まずそうにささやく。

「言っとくけど、調伏法《ちょうぶくほう》の件はハッタリだからな」

母親を殺した犯人を呪うために、修法を研究していると言ったことだ。

「殺してやる！」と叫ぶ寛太の吊《つ》り上《あ》がった目と、沙耶《さや》を送るのを手伝ってくれたときのやさしい眼差《まなざ》しが、同時に浮かぶ。

母親を殺されるというこれ以上ないくらいつらい経験をへて、彼は玄斎に弟子入りし修行を積んでいるのだ。子どもらしい楽しみや気ままさを捨て、相当な覚悟で憎しみを手放し慈悲の心を育てる。よく考えたら、とても普通の小学六年生にできることではない。少なくとも宮子には無理だ。

霊力のせいで友達ができないだの生きづらいだのと悩んでいた自分に比べると、なんてすごい子なんだろう。宮子の中で、彼に対する嫌な印象が一気にひっくり返っていく。

「うん、ちゃんとわかってる。……昨日は助けてくれてありがとう。感じ悪い奴《やつ》だって誤解しててごめん、ホントはやさしいんだね」

ずっと厳《いか》めしい顔ばかりしていた寛太が、戸惑ったように瞬《まばた》きを繰り返し「いや、利他《りた》行《ぎょう》は修行のうちだし」と口ごもる。

「修行がんばってね。鈴子が、アニメ録画しとくから絶対また来てねって言ってたよ」

「ん。サンキュ。必ず来るよ。鈴子ちゃんによろしく。お前も、がんばれよ」

寛太が一瞬だけ笑って、小さく手を振った。つくろったところのない素の表情だ。

ようやく自分にも笑顔を向けてくれたことが嬉《うれ》しくて、少しだけ胸がドキリとしてしまった。

玄斎と寛太が一礼し、砂利を踏む音を響かせながら出立する。ちょっとくらい振り返ってくれないかなと思いながら、宮子はその背中を目で追う。一の鳥居を出た玄斎と寛太がこちらを向いて深々と礼をし、道路向こうへ消えるまで、宮子はじっと見送り続けた。

「さて、私はこのまま朝拝《ちょうはい》する。宮子はもう一度寝てきていいぞ。まだ五時だ」

「……今日は、私も一緒に朝拝してもいいかな。サーヤのためにお祈りしたいの」

宮子が言うと、父は穏やかにうなずいた。

「じゃあ、沙耶ちゃんのためにきちんとお祈りしようか」

幽世《かくりよ》の沙耶のために、祈りたかった。そして、次は一人でも、大事な人を助けられるようになりたい。

気持ちを引き締めて、宮子は社殿に入った。ひんやりとした空気の流れに、額の中央がうずく。お社《やしろ》の奥に「いらっしゃる」のをはっきりと感じる。

神祠《しんし》前の、信者が参拝する畳の間に座って宮子が待っていると、狩衣《かりぎぬ》を着て烏帽子《えぼし》をかぶった父が入ってきた。宮子の前に座ると、居住まいを正して言う。

「ただいまより、水野沙耶姫命《みずのさやのひめのみこと》の御霊祭《みたままつり》をご奉仕させていただきます」

立ち上がった父が神祠前へと進んで座る。宮子も失礼のないよう父の所作をしっかりと見て、お辞儀の角度まで合わせる。

毎日のように親しんでいたはずの祓詞《はらえことば》が、初めて意味を持ったものに聞こえた。

「掛《か》けまくも畏《かしこ》き伊耶那岐大神《いざなぎのおおかみ》」

第二章

黒板に書かれた「登山合宿」という文字を、柏木宮子《かしわぎみやこ》はぼんやりと眺めていた。

先生が班分けの名前を書くそばから、声があがる。五月にもなるとみんな、新しいクラスに馴染《なじ》み、友達も固定してくる。

けれど中学二年生になっても、宮子は相変わらずひとりぼっちだった。原因は——。

「夜はやっぱり怪談だな。百物語やろうぜ」

「うちのクラスは霊感少女柏木がいるからな。絶対出るぞ」

男子たちがわざと騒ぐ声が聞こえる。また自分がネタにされていることに腹を立てつつも、反論しても無駄だと聞こえないふりをする。先生も止めてくれればいいのに。

「柏木って、やべえんだぜ。『その自転車、乗らない方がいいよ』って言われた奴《やつ》が無視してチャリに乗ったら、事故っちまってさ」

「マジか！　予知能力者じゃん」

「いや逆に、予知を当てるために、事故に遭《あ》うよう柏木が仕向けてたりして」

「げー、怖《こえ》えー！」

彼らの子どもっぽい嫌がらせにはうんざりだ。人の苦労も知らないで。

宮子はこめかみを押さえるふりをして、手で耳をふさいだ。

小学六年生の夏休み——沙耶《さや》との別れの後、宮子は「目」を開いてもらった。

そして新学期が始まってすぐ、クラスメートの自転車に黒い靄《もや》が巻きついているのが見えたので、つい「乗らない方がいいよ」と声をかけた。宮子にとっては「蜂がいるから危ないよ」と同じ感覚だったのだ。しかし、聞く耳を持ってもらえないばかりか、その子が直後に交通事故で左手を骨折したため、宮子は余計に避けられるようになってしまった。

同じようなことが何度か続いて変人扱いされ、宮子はとうとう口をつぐんだ。

黒い靄に憑《つ》かれた人は、もれなく病気になったり事故に遭《あ》ったりした。その予兆を知りながら黙っている罪悪感と、「やっぱりこんな力要《い》らない！」という気持ちがない交《ま》ぜになり、宮子は愚痴《ぐち》をこぼすようになった。

とたんに、今度は低級霊に付きまとわれ始めた。学校から神社へ逃げ帰ったことも一度や二度ではない。境内《けいだい》は神様の場所なので、悪いものが勝手に入ってこられないからだ。

父には「愚痴や悪口を言うと心が曇って、悪いものを引き寄せてしまうから気をつけなさい」と注意された。けれど、愚痴すら言えないのは宮子にとって、気分が悪くても吐くなと言われているのと同じくらい苦しいのだ。

小学六年生の晩秋には、とうとう学校に行けなくなった。父はそんな宮子を、吉野《よしの》にいる母方の祖父母の家にしばらく預けることにした。近くにある玄斎《げんさい》の庵《いおり》へ通って、霊力に振り回されない精神力を養う訓練を受けるためだ。

てっきり滝行や坐禅《ざぜん》でもするのかと思ったが、玄斎から出された課題は単純なもの。

一つは慈悲《じひ》の心を育てる瞑想《めいそう》。

もう一つは、自分の動作や感覚をひたすら言語化して頭の中で実況する瞑想だ。

「手を上げる」「目を閉じる」「息を吸う、吐く」といった動作に加え、人の声や音楽が聞こえたら「音」、かゆくなったら「かゆみ」と頭の中で言葉にしてラベルをつけていく。

正直、そんなことでこの鬱々《うつうつ》とした気分が晴れるとは思えなかった。

初めは半信半疑だったが、瞑想を続けるうちに宮子は、体と心の反応をきちんと分けて認識できるようになった。たとえば、最初は「座りっぱなしで足が痛くてつらい」と思っていたのが、足に感じているのはただの「痛み」であって、「つらい」という感情には実体がない、つまり「痛み」と「つらい」は別物だと肌で感じられるようになった。

すると、今まで「霊がいる」と「嫌」な気分になっていたのが、別々のこととして切り離せるようになったのだ。「嫌」という気持ちにはそもそも実体がないのだと理解すれば、人外のものを見ても「ああ、いるな」と思うくらいで負の感情を抱かずにすむ。

一週間もすると宮子は落ち着きを取り戻し、二週目には玄斎から「もう学校に行っても大丈夫」と早々に帰宅許可が下りたのだ。宮子は何度も礼を言って、玄斎の元を辞した。

新たな気持ちで庵《いおり》の門を出ると、高台から燃えるような紅葉《こうよう》が見渡せることに気づいた。通い始めたときは、こんなにきれいな風景を楽しむ余地もなかったなんて。

心の余裕って本当に大事なことなんだな、と風に揺れるもみじを堪能《たんのう》していると、石段を誰かが駆け上がってきた。

寛太《かんた》だった。

得度《とくど》してから彼は、師僧《しそう》の玄斎から一文字授かり「寛斎《かんさい》」と改名した。その法名《ほうみょう》になかなか馴染《なじ》めなくて、宮子の中では俗名の「寛太君」のままだ。もちろん、本人に面と向かっては「寛太君」とも「寛斎君」とも呼べないけれど。なぜだか、名前を呼ぶことが恥ずかしいのだ。

白衣姿の彼しか見たことがなかったので、紺色の制服にランドセルという出《い》で立《た》ちが新鮮に感じる。二週間近く通っていたというのに、ここで会うのは初めてだ。

『よう』

寛太が立ち止まる。どう返事をしていいかわからず、宮子は「こんにちは」と答えた。訊きたいことがたくさんあるのに、うまく言葉にできない。

『ようやく瞑想の効果が出たようだな。ここに来たときは、ひどい顔してたぞ』

『え、見てたの？』

『俺も庵《いおり》に住んでるんだぜ。ちらちら見てたさ』

冷たい山風に吹かれているのに、なぜだか頰《ほお》が熱い。

『ちっとも気づかなかった』

『他のことに気を取られていたら、見えるはずのものも見えないさ。見たくないものは見えるのに、皮肉だな。……あ』

寛太の手が伸びてきて、宮子の髪に触れた。

『もみじがついてたぞ』

そのまま葉を落とそうとするのを、宮子は「せっかくきれいな葉だから」と持ち帰った。

それ以後も、宮子はときどき玄斎の庵《いおり》を訪れて、正しくものを見られるよう瞑想を続けている。会えば寛太とも話すようになり、時にはアドバイスをもらった。

『よくない靄が他人についているのを黙っておくのが心苦しいって？　普通は生きてる人間の方が強いから気にするな。たとえ靄のせいで病気になったとしても、それがきっかけで健康に気をつけるようになれば、大病せずにすむかもしれないだろ』

『低級霊に付きまとわれたときは、神社のきれいな気を頭の中にイメージして、同じ気を全身にまとうんだ。悪い奴《やつ》が神社を避《さ》けるのと同じように、お前にも近寄らなくなる』

寛太には、他の人に言っても理解してもらえないことを相談できる。宮子の中で彼は、心からの信頼を寄せる相手になっていた。

——寛太君が同じクラスにいてくれたら、低級霊だけじゃなくあの男子たちも追い払ってくれるかなぁ。

ため息をつきながら、宮子はしつこく続くクラスの男子のからかいを無視した。

「柏木の家は神社だからな。神様がついてるんだぜ、きっと」

「いや、神様っていうより、霊に憑《つ》かれてるっぽいよな」

「あいつ、死んだはずの母ちゃんと手つないで歩いてたらしいぜ。見た奴何人もいるんだって。死霊使《しりょうつか》いじゃん、ヤッベー！」

母のことまで面白半分に言われるのは、さすがに我慢ならない。堪《こら》えきれず言い返そうとした瞬間、クラスメートの菱田直実《ひしだなおみ》が割って入った。

「あんたたち、好きな子の気を引きたいからいじめるなんて、時代錯誤《じだいさくご》もはなはだしいよ。興味津々《きょうみしんしん》なのダダ漏れだし、見ててこっちが恥ずかしいなー。柏木さんって日本人形みたいにきれいだから、気後れして素直にアプローチできないんだね、かわいそうに」

あおるように笑う直実に、男子たちがむきになって反論し始める。

「そんなんじゃねえよ」

「そうだよ、こいつ、幼稚園のときから変だったんだから」

「え、幼稚園のときから好きだったって？　そりゃまた」

直実に同調するように、女子たちも笑いながらはやしたてる。

「確かに柏木って、神秘的美少女だもんね。鴉《からす》の濡《ぬ》れ羽色《ばいろ》って言うの？　すっごいツヤツヤでまっすぐな黒髪だし、華奢《きやしや》なところも品があるし」

「高嶺《たかね》の花《はな》に手が届かないから負け惜しみって、うちの男子はイソップの狐《きつね》かって感じ」

「狐！　ウケる！」

勢いをそがれた男子たちが口ごもる。

菱田直実は、ちくりと相手を牽制《けんせい》しつつも嫌がらせをうまく煙《けむ》に巻《ま》いて、場をとりなすのがうまい。彼女のウイットに富んだ世渡り術を、宮子はひそかに尊敬していた。前下がりのショートボブで、利発そうなくりっとした目に赤縁のハーフリムの眼鏡をかけていて、個性的な子なんだなとわかる。

「おしゃべりはそこまで。班ごとに集まって班長決めて」

タイミングよく先生の声が飛んできた。みんな各自の班へと分かれる。宮子は偶然にも菱田直実と同じ班だった。

「菱田さん、あの……ありがと」

小声で礼を言うと、彼女は眼鏡のずれを直して「いえいえ」と笑った。

宮子たち六班の班長は、当然のごとく直実に決まった。一日目の大峯山《おおみねさん》・稲村ヶ岳《いなむらがたけ》登山は、大峯山が女人禁制《によにんきんせい》のため男女別行動だが、二日目の渓谷散歩は男子と一緒だ。

「お目当ての男子がいたら言っといて。近くを歩くから」と直実がちゃかすと、他の女子たちがキャアキャアと喜ぶ。本当に人の心をつかむのがうまい。

終鈴が鳴って帰り支度をしていると、いつの間にか目の前に直実が立っていた。

「柏木さん、さっきはごめん！　……助け舟出そうと思ったんだけど、よく考えたら容姿について言うのは失礼だったね」

どうして謝られたのかわからずに宮子は首を傾《かし》げたが、「日本人形みたいできれいって言っちゃったけど、他人の見た目に言及するのは対等な関係じゃない、欧米では無作法なことだから」と解説されてようやく腑《ふ》に落ちる。直実は先進的な考えの持ち主らしい。

「ううん、そんな！　助けてくれてすごく嬉《うれ》しかったよ。ありがとう」

直実はそれでもひとしきり謝ったあと、話題を変えた。

「来週の登山合宿、よろしくね。私、一度柏木さんとじっくり話してみたかったんだ」

「え、そうなの？」

人気者である彼女から「話してみたい」と思われる何かを、自分は持っているだろうか。

「柏木さんって読書好きでしょ。休憩時間はいつも本読んでるし。昨日、通りすがりにチラッと見たらハインライン読んでてちょっと嬉しくなったんだ。私も好きだから」

「見られてたんだ。なんか恥ずかしいな。……あ、菱田さんこそこの間、休憩時間に『貧《まず》しき人《ひと》びと』読んでたでしょ」

「うん。柏木さんも読んだことある？　あれ、泣けたよね！　ラストの別れの手紙、もう号泣《ごうきゅう》よ。今流行の恋愛映画より、こっちの方が絶対感動モノだよ」

突然始まった読書談義は途切れることなく、見回りの先生から注意されるまで続いた。呼び名もいつの間にか、「柏木さん、菱田さん」から「宮ちゃん、直ちゃん」に変わっている。下の名前で呼び合う関係に自然になれて、なんだか嬉しい。

すっかり意気投合して、次の日もその次の日も、休憩時間や放課後を一緒に過ごすようになった。帰る前に、どちらからともなく図書室へ寄り、借りた本を見せ合う。

「ホントは直ちゃんお勧めの本を読みたかったんだけど、図書室にはなかったよ」

「『セメント樽《だる》の中《なか》の手紙《てがみ》』？　えー、高校の教科書に載ってるってお父さんが言ってたから、メジャーだと思ったんだけど」

「直ちゃんの趣味が渋すぎるんだよ」

「そうかなぁ。……あ、じゃあ今からうちに寄ってくれたら、貸すよ。短い話だからすぐ読めるし。あれは絶対読んでほしいな」

夕食の支度があるから迷ったが、友達の家へ行くことに憧れていたのもあり「少しだけなら」と、宮子は直実の家に向かった。

彼女の家は赤い屋根の小さな洋館風で、「菱田」という表札が縦書きではなく横書きなのが格好いい。鉄製の門をくぐると、玄関まで石畳が続いている。

「ちょっと待っててね」と言って、直実が飴色《あめいろ》の玄関扉の中に入っていく。宮子の家のガラガラと鳴る引き戸とは大違いだ。

扉の向こうで「友達を連れてきたんだけど」という声がする。すぐに中から扉が開き、直実が顔を出した。

「お待たせ。さ、入って入って」

失礼します、と言って宮子も中に入る。靴箱の上には、手作りらしい紙粘土の人形が飾ってあった。ドレスの細かいフリルまで再現した、本格的なものだ。

廊下の奥から誰かが出てきた。髪は肩までかかる長さで、ジーンズに、ロックバンドのロゴが入ったTシャツを着ている。お母さんかと思ったが、それにしてはがっしりした体つきだ。

「お邪魔します、柏木と申します」

宮子が一礼すると、その人は頭を掻《か》きながら近づいてきた。

「や、どうもどうも。うちの娘がお世話になっとります。直実の父です」

直実が愉快そうに言う。

「いい年して長髪だし、こんな格好してるし、ビックリしたでしょ」

直実の父は、自分の髪を両方の手でつまみ、広げるように持ち上げた。

「これはポリシーだからな。それに、男性は長髪、女性は短髪が多いのは、良《い》い時代の証拠なんだぞ」

「お父さんは偏屈《へんくつ》だから」

そう言って笑う直実からは、親しみと尊敬が感じられる。自慢の父親なんだな、ショートヘアーなのもお父さんの影響かも、と宮子は楽しそうな友を見て思う。

ごゆっくり、と声をかけられ、宮子は直実について二階へあがった。

「ごめん、散らかってるけど入って」

宮子は部屋に入り、勧められた椅子に腰をかけた。ここが直ちゃんの部屋かと、きょろきょろしてしまう。スライド式の本棚には本がみっしり詰まっていて、並べきれないものは隙間に横差しされるほどだ。

「本、いっぱいあるね。……小説だけじゃなくて新書や研究書も読むの？　すごい」

「そのあたりの本は、お父さんがくれたの。正直難しくてちょっとしか読んでないけど」

トントンと階段をあがってくる足音とともに、直実の父の声がした。

「直実、ジュースとお菓子を持ってきたぞ」

直実が反動をつけてベッドから立ち上がり、扉を開ける。「ありがと、お父さん」「家事もこなす素敵なパパだって、自慢しといてくれよ」というやりとりが聞こえる。

「お父さんと仲いいんだね」

宮子が言うと、直実は嬉《うれ》しそうに、まあね、と答えた。

「平日の夕方なのに家にいるし、長髪だし、変なオヤジだと思うでしょ。あれで、大学の准教授《じゅんきょうじゅ》なのよ」

「へえ、すごい。だから難しい本が並んでるんだ」

直実からジュースを受け取り、口をつける。父親の、物知りで個性的で気さくなところが娘に遺伝したんだな、と宮子は納得した。

「宮ちゃんのお父さんって、神主《かんぬし》さんでしょ？　それだってすごいじゃない」

やはり、家族のことを褒《ほ》められると嬉しい。気を良くしていると、直実があっけらかんと言った。

「現実に立ち向かうのを躊躇《ちゅうちょ》する人に、神様って幻想を見せて正しい方に導くんだもんね。昔から、大事な役割だったと思うよ」

一瞬、息が詰まった。重いものを呑《の》み込《こ》んだように、気持ちが沈んでいく。

「……直ちゃんは、神様はいないって思ってるんだ」

やっとのことで、それだけ訊《たず》ねる。直実はジュースを飲み干し、うーん、と唸《うな》って空《から》のグラスをお盆に置いた。

「一応、法事とかはするんだけど、お父さんが無神論者だからね。神仏なんて犬の餌にでもなっちまえって言う人なのよ。この間も、福沢諭吉《ふくざわゆきち》みたいなことしたらしいし」

いい人だな、と思っていた直実の父が、そんなことを言ったとは。

「福沢諭吉みたいなこと」となると、御札《おふだ》を踏むかそれに類する不敬だろう。なんだか自分や自分の大事なものを否定された気分になってくる。

宮子の様子を察したのか、直実がフォローし始めた。

「でも『神様』っていう幻想というか機関は、必要だと思うよ。だって、神様がいるって信じてたら、悪いことをしないでおこう、いいことをしようって思えるでしょ」

直実が得意そうに続ける。

「とはいえ、人間はもっと理性的に生きられるんじゃないかな。神様がいなくても。お父さんは、そういうのを理想にしてるんだ」

神様はサンタクロースみたいな方便《ほうべん》じゃないよ。そう言いたいのに、直実が納得いくようには反論できそうもない。熱弁する彼女の目はまっすぐで、悪意がないことはわかるのだけれど。

ジュースを口にすると、妙な渇きが少し治まった。時計を見ると、もう四時半だ。

「そろそろ帰らなきゃ。買い物行って晩ご飯作らないといけないんだ」

「えっ、もう？」

今日は奇数日だから洗濯をしていないので、取り込む作業をしなくていい分、本当は時間に余裕がある。けれども気まずさから、宮子は急ぐふりをして立ち上がった。

直実が名残惜しそうに本棚から約束の本を取って、差し出してくれる。宮子は、ありがと、と言って受け取った。

階段を下り「お邪魔しました、ジュースごちそうさまです」と声をかけると、直実の父が青いエプロンをつけて出てきた。

「あれ、もう帰っちゃうの？」

「宮ちゃん、晩ご飯作らなきゃいけないんだって」

直実が言うと、彼女の父は腕組みしてうなずいた。

「お、えらいねぇ。直実も見習えよ。そろそろ夕食当番に組み入れるからな。働かざる者、食うべからず」

ちゃんとお手伝いはしてるじゃない、と直実がふくれてみせる。本当に仲の良《い》い親子だ。

「じゃあ、私はここで。ありがとうございました」

宮子が一礼すると、直実親子が並んで手を振った。

扉を閉めようとしたとき、直実の父の足元がなぜか気になった。妙に暗い感じがするのだ。もう一度確かめたかったのに、自分で閉めた扉が邪魔をして見えなくなってしまう。

飴色の扉を背に門を出て、宮子は洋館を見上げた。持っているものさしを見せ合ったら、センチとフィートだったような気分だ。

早足で歩いていると、民家の向こうに三輪山《みわやま》が見えてきた。御山《おやま》自体が御神体《ごしんたい》と言われる霊山だ。

宮子は、３Ｄイラストを見る要領で焦点をぼやけさせ、目の前の景色のさらに奥を見ようとした。こうすると、通常では見えないものが見えやすくなる。鈴子《すずこ》が遊んでいた３Ｄ

イラストを試したときに、偶然発見した方法だ。

この視点の切替法のおかげで、「今はフィルターがかかっている」という自己暗示もあるのか、普通の人には見えないものが見えにくくなった。余計なストレスを溜《た》め込《こ》まずにすむので、とても助かっている。

何度か試みているうちにピントが合う。視界に透明感が増し、色が鮮やかになった。

御山の頂上に、光の柱が立っているのが見える。

雲に向かってまっすぐ伸びるそれは、時おり薄紅や青い色を帯びる。虹を内包する水晶に似ていて、美しく、畏《おそ》れ多《おお》い。

神様の数え方が「一柱《ひとはしら》、二柱《ふたはしら》」だということは、御山や神社にそびえるあの光の柱を見ることのできる人が、昔はたくさんいたのだろう。けれども今はそんな人は稀《まれ》だし、宮子の周りでも玄斎《げんさい》と寛太《かんた》くらいしかいない。

直実には、光の柱は見えない。それどころか、見えること自体が妄想《もうそう》だと言うだろう。宮子にとってはリアルなのに、その実在を証明できないのがもどかしい。

県道を曲がり、民家沿いの狭い道を進むと、駐車場に差しかかった。二年前の夏、建物が壊されたばかりのこの土地に、幽霊の沙耶《さや》が腰まで埋まっていたことを思い出す。

――サーヤは確かにいた。一緒に過ごした四日間は妄想なんかじゃない。寛太君だってサーヤに会ってる。

鳥居の前で一礼し、参道を歩く。

――サーヤ、懐《なつ》かしいな。今は幽世《かくりよ》で心穏やかに過ごしているよね、きっと。

社務室の窓から「ただいま」と声をかけたが、父も事務の原田《はらだ》さんもいなかったので、自宅に帰る。玄関をガラガラと開けると、妹が待ち構えていたように走ってきた。

「お姉ちゃん！　お父さん、お見合いするらしいよ！」

唐突な話に「へ？」と間の抜けた声をあげて硬直してしまう。意味をわかっているのかいないのか、小学三年生の鈴子《すずこ》が興奮した様子でまくしたてる。

「今日ね、原田さんが総代《そうだい》さんと話してたの。今週末、お伊勢《いせ》さんに出張する帰りに会うんだって」

「お父さんは、何て？」

喉に何かが絡《から》まってうまく声が出せず、やっとそれだけ訊《たず》ねる。

「えっとね、まだ聞いてない。総代さんは『お母さんができたら嬉《うれ》しいだろう。だから、お父さんを応援してあげるんだよ』って」

明るい声で言う妹に、宮子は少し嫌味っぽく問いかけてみた。

「鈴ちゃんは、新しいお母さんが欲しいの？」

鈴子は、きょとんとした表情でしばらく考えた後、「んー、わかんない」と答えた。

母が死んだのは鈴子が一歳のときだから、母親がいるという感覚がわからないのだろう。

あ、そう、とそっけなく言って、宮子は階段を駆け上がり、自分の部屋の扉を閉めた。

時計を見ると、もう五時を過ぎている。早く買い物に行って、晩ご飯を作らなくては。

着替えているうちになぜだか怒りが込み上げてきて、宮子は脱いだセーラー服をベッドに投げつけた。

——毎日毎日、一生懸命ご飯を作っているのに。洗濯も二日に一回するし、掃除もしてる。なのに、私じゃダメなわけ？

自分のがんばりが足りないと言われた気分になるのも腹が立つけれど、何より父が他の女性と一緒になるのが許せなかった。

机の上の写真立てが目に入る。鈴子が産まれて間もないころの写真で、家族四人で撮ったのはこれ一枚きりだ。まだ髪の黒い父、珍しく白衣や作務衣《さむえ》ではなくワンピースを着た母、その腕の中で眠る鈴子、そして、両親の前で嬉しそうに笑う宮子。

母の場所は、ずっと取っておきたいのだ。他の人に入ってほしくない。

「買い物に行ってくる」

階段を駆け下り、居間の鈴子に向かって吐き捨てるように言う。自転車を押して鳥居の外まで歩くと、社殿に向かって一礼してから自転車に乗った。イライラしていると本当に胃がむかついてくる。

ショッピングセンターの駐輪場に、隣の自転車を少しずつ詰めて自分の自転車を入れる。

買い物どころじゃないと思いながらも、いつも通りこなしてしまう自分がむなしくなった。嫌味ですごいご馳走《ちそう》を出してやろうかと思ったが、食欲がないから作る気も湧かない。

――私じゃ不満ってわけね。だったら、もう知らない！

宮子は床を踏みつけるように歩きながら、出来合いの総菜コーナーへ向かった。半額シールが貼ってあるコロッケを二種類と、ポテトサラダ、朝食用の食パンとインスタントのみそ汁をカゴに入れる。今日は、なんだか茶色っぽいものばかりだ。

家に帰ると、ご飯だけはちゃんと炊き、母や祖父母を祀《まつ》る御霊舎《みたまや》に供えた。

母の遺影としばし語り合う。

――お母さん。お父さんにお見合いの話があるんだって。なんか、こう、やだなぁ。

母の写真は、変わらず笑顔のままだ。諭《さと》されたような気分になって、宮子は台所に戻る。

「お姉ちゃん、今日のご飯……」

鈴子が、出来合いのおかずばかりが並んだ食卓を見て、渋い表情をしている。いつも四品は用意し、一人ひとり皿に分けているが、今日は二種類のコロッケを大皿に山盛りにしただけだ。ポテトサラダとみそ汁は個別にしてあるものの、本当に茶色っぽい食卓だ。

「好きなだけ食べていいよ。こっちがビーフで、そっちが野菜のコロッケ。ソースは勝手につけて」

ぶっきらぼうに言いながら、茶碗《ちゃわん》にご飯をよそって食卓に置く。宮子が席に着くと、父が拍手《かしわで》を一度打ち、「いただきます」と言う。宮子たちもそれに倣《なら》ってから、箸を持つ。

鈴子がこちらの顔色を窺《うかが》いながら、恐る恐る訊《たず》ねてくる。

「……お姉ちゃん、なんか怒ってる？」

「別に、怒ってないよ。ほら、食事中はしゃべらないの」

柏木家《かしわぎけ》ルールを盾に、鈴子を黙らせる。食べることに集中していますと言わんばかりに、宮子は黙々とご飯を口に運んだ。鈴子を黙らせる。ポテトサラダは好きなはずなのに、胃のむかつきのせいで胸がやける。しかも、なぜわざわざコロッケと同じイモ系を買ってしまったのだろう。

宮子はいつも以上にお茶を飲み、普段より味の濃い料理を流し込んだ。

三人で合掌をし、ごちそうさまを言う。片付ける前に、お茶を飲みながら家族で話をするのが恒例なのだけれど、どうにもそんな気にはなれず早々に席を立った。

御霊舎《みたまや》の御飯を下げてきた宮子に、皿を流しに運んでいた父がぼそりと言う。

「毎日食事を作るのも大変だろう。勉強も忙しくなるし」

だから、新しく「母親」を迎えようとでも？

「そんなことないよ。料理、嫌いじゃないし」

きつい口調になってしまった。父がスポンジに洗剤をつけ、皿を洗い始める。

「別に、出前でも宅配食でもいいんだぞ。そのくらいのお金は何とかする。ああ、食洗機も必要か」

――今、問題なのはそこじゃないんだけどな……。

見合いの話をこちらから切り出すことができなくて、宮子は父の隣に立ち皿をすすいだ。無言のまま、食器を水切りに並べていく。

起きていてもろくなことを考えないから、今日はさっさと寝てしまおう。

宮子は予習だけすると、現実から目をそむけるように布団《ふとん》をかぶった。本を借りたことを思い出したけれど、さすがに読む気になれない。明日の朝、表題作だけ読んでいこう。

宮子は自分の呼吸に意識を集中させ、何も考えないようにして眠りについた。


真夜中、宮子《みやこ》は物音で目を覚ました。

暗い部屋の中で耳を澄ましてみたが、特に何も聞こえない。もうひと眠りしようと寝返りを打ったとたん、体が空中でくるりと回り、下向きになった。

「え、ちょっと待って。何これ!?」

眼下に、ベッドで寝ている自分自身の姿が見えるのだ。

焦《あせ》って自分の顔に手をやってみたが、スカスカと宙を掻《か》くだけで触れることができない。元に戻れるかもと、ベッド上の体と重なるよう寝転がってみた。けれどもやっぱり戻れないし、感覚もない。まさか死んでしまったとか……と宮子は不安になってきた。

とはいえ、眠っている実体は規則正しく呼吸をしていて、命に別条はなさそうだ。これは、いわゆる幽体離脱《ゆうたいりだつ》かもしれない。

宮子は浮いたまま窓に向かい、手を伸ばしてみた。指先がカーテンやガラスには触れず、そのまますり抜けていく。今度は、思い切って体ごと飛び出してみる。ほんの少し抵抗を感じたが、目を開けると、自分の体が夜の境内に浮かんでいた。

――うわ、浮いてる！

怖くないと言えば嘘《うそ》になるが、好奇心の方が勝った。もしかしたら、浮くだけではなく空を飛べるかも。

早速、大きな月を背にして飛んでいるところを想像してみた。とたんに、体が急スピードで上昇し、神社の屋根がみるみる小さくなっていく。あわてて「止まれ！」とイメージすると、ようやく空中で静止した。

以前寛太《かんた》が「修法はどれだけ具体的に想像できるかが勝負なんだ」と言っていた。いきなり月を思い浮かべるのはまずかったようだ。宮子が慎重に「これくらいの速度でこの方向に飛ぶ」と順を追って観想《かんそう》すると、なんとか思い通りに動けるようになった。

大和国一之宮《やまとのくにいちのみや》の三十二メートル以上ある大鳥居を目印にして、上空まで飛びすぎて航空地図みたいになってしまったところから高度を下げる。

コツがつかめてくると、ゲームの操作みたいで楽しい。宮子は、通学路を鳥のように滑空《かっくう》してみた。スピード感《かん》が気持ちよく、ピーターパン気分で夜の冒険を楽しむ。

再び空に舞い上がると、見覚えのある赤い屋根が目に入った。直実《なおみ》の家だ。もう眠っているのかな、ちょっと覗《のぞ》いてみよう、とそちらに進路を取る。

ゆっくりと高度を下げ、二階の窓を順に見ていった。小豆色《あずきいろ》のカーテンが直実の部屋だ。さすがにもう寝ているのだろう、真っ暗で、起きている様子はない。

そのとき、宮子は下から妙な気配を感じた。

——何、あれ。

そっと地面に下りる。一階の窓から、黒い靄《もや》がたなびいている。

そういえば昨日の夕方、直実の父の足が不自然に黒っぽく見えた。やはり、あれは良くないものだったのだ。

靄の出ている部屋にそっと近づき、頭を壁に突っ込んでみる。チリチリとかゆいような抵抗を感じた後、顔が壁の向こうに出た。

寝室の左側のベッド下に、黒い靄が集まっている。夜の闇とは違う、ねっとりとした黒色だ。靄が凝縮して猫ほどの大きさとなり、寝ている人物の胸元へと音もなく移動する。

うなされる声が聞こえる。やはり直実の父だ。右側の母親は静かに眠り続けている。

苦しそうに呻《うめ》いていた直実の父が、突然弾《はじ》かれたように上半身を起こした。汗をぬぐい、荒い息とともに顔をあげた彼は、足元まで飛び退《との》いたそれに気付いて動きを止める。

ひいっ、と短く悲鳴をあげて硬直していたものの、やがて彼は大きなため息を一つつくと、自嘲気味に笑った。

「これは、夢だ」

はっきりとそれが見えているはずなのに、さすがは無神論者だ。見ているこちらの方がハラハラしてしまう。

「金縛《かなしば》りは、体が寝ているのに脳が起きてしまった状態だと、科学的に証明されている。その際、怪物《かいぶつ》が胸に乗って苦しいというような幻覚を伴うことも、世界的に共通している。だから、こいつは存在してはいない」

台詞《せりふ》を棒読みしているような口調だ。たぶん、自分に言い聞かせているのだろう。

《ほう、我が幻覚だと。あのような無礼を働いておいて、さらに我を愚弄《ぐろう》するか》

性別のわからない子どものような声が、部屋の中に響いた。

《宴会帰りのお前は酒に酔って、我が祀《まつ》られていた祠《ほこら》を蹴り壊したであろう。神仏などいないというお前の主張こそ、ただの詭弁《きべん》だ。我はこうしてここにいるのだからな》

父が福沢諭吉《ふくざわゆきち》のようなことをした、と直実が言っていたのを思い出す。てっきり御札《おふだ》を踏んだのだと思っていたが、祠《ほこら》を蹴り壊したとは。

祠《ほこら》に祀られていたものが必ずしも神仏とは限らない。恐らくこれは――。

直実の父が、こわばった顔でなおも言い募る。

「これは夢だ。祠《ほこら》を壊したことに多少なりとも罪悪感を抱いたから、無意識のうちにこういう夢を見るのだ」

靄が直実の父の腹ににじり寄る。

《お前がどう捉えようと勝手だが、償《つぐな》いはしてもらう。我に代わりの棲《す》みかを差し出せ》

「これは幻聴だ」

直実の父が耳をふさぐ。しかし、あの声は鼓膜から聞こえる類《たぐ》いのものではないから、無駄だろう。

《祠《ほこら》を用意できないなら、人間でもいいぞ。……お前には、娘がいるな》

まずい展開になった。宮子は割って入りたい衝動を抑えながら、成り行きを見守る。

「娘は関係ないだろう」

直実の父は、耳をふさいでいた手を下ろし、黒い靄に向き直った。

《お前が償わないなら、娘がその責《せき》を負うのは道理というもの。祠《ほこら》を建てる気がないなら、娘の体をよこせ》

「馬鹿馬鹿しい、そんな要求は呑《の》めん。幻覚のくせに大それたことを言うな」

――そう、その調子で突っぱねて。

宮子は拳を握りしめた。実体はないはずなのに、汗ばんでいる気がする。

《まだ我が幻覚と抜かすか！　……まあよい。であれば、どんな約束を交わしても、お前にとってそれは無効ということだな》

黒い靄が、クックッと笑う。
《では、こうしよう。次の満月の夜、お前の娘の体をもらいに来る。その夜のうちに取《と》り憑《つ》くことができれば我の勝ち、できなければ諦めてやろう》
「黙れ、幻！　そんな話は聞かんぞ」
語気を荒らげた直実の父に、靄が首元まで近づく。
《幻の言うことなのだから、『承知した』と言っても問題はなかろう。それとも、お前の信念はその程度で揺らぐものなのか？》
直実の父が黙り込む。まずい、あの靄のペースに巻き込まれている。
──乗せられちゃだめ！
《今見えているものすら夢幻《ゆめまぼろし》だと言い張るのなら、我の戯言《たわごと》が現実になることもなかろう。お前の信念を証明してみせろ》
直実の父が眉根を寄せ、思い詰めた表情になる。
《それとも、怖いのか？　ああそうか、やはり心のどこかで神の存在を信じているのだろう。人間ごときの理性で社会を作るのは無理だと、本当はわかっているのではないか？》
直実の父が、唇を噛《か》んで靄を睨《にら》む。
《違うと言うなら、己の信ずるものへの忠誠を示せ。さあ、『承知した』と言うだけでよいのだ。それでお前は、信念を全うしたことになる》

——お願い、ノーと言って！

「……承知した」

直実の父が、小さな声で、しかしはっきりと言った。

《その言葉、忘れるな》

黒い靄が四散して部屋中に広がって薄れ、やがて消えた。直実の父が倒れるようにベッドに崩れ、寝息を立て始める。

この世ならぬものとは、軽々しく約束をしてはいけない。

父がいつも言っていることを、宮子は思い出した。

『軽い気持ちで願掛けなどしてはいかんぞ。断酒《だんしゅ》の誓いをしている間に、間違って奈良漬《ならづ》けでも食べようものなら、そこで誓いは破られる。しかも、願を掛けた神によっては厳しい冥罰《みょうばつ》を下される。約束というのは、それだけ重いものなんだ。覚えておきなさい』

こんな形で「約束」の重みを知ることになるなんて。

救いは、満月の夜の間に取り憑くことができなければ諦めてやる、と靄が言ったことだ。

一晩だけ、一晩だけなんとか直実を守り切れば。

不穏な気配を感じて、宮子は壁から頭を引き抜いた。

庭の隅で、何かが蠢《うごめ》いている。

宮子は急いで浮かび上がり、直実の家を後にした。怖くて後ろを振り返ることができないけれど、確実に何かが追ってきている。対峙《たいじ》するのは危険だ。今の自分には、体がない。「生きて実体があるってのは、それだけでかなり強いんだ。ちょっとやそっとのことで危害は加えられない」と、寛太が言っていた。逆に、実体がない今の状態で襲われたら、ひとたまりもない、ということだ。

宮子は手足を体にぴたりとつけて、飛ぶスピードをあげた。神社の境内《けいだい》に逃げ込めば、悪意のあるものは入ってこられないはずだ。早く、早く帰らなければ。

ようやく見えてきた一の鳥居が、天からの助けのように感じる。宮子は速度を落とすことなく鳥居をくぐり、参道へ逃れた。

大抵の妖《あやかし》はここで振り切れるのに、後ろの気配はまだ追ってくる。思ったより強い妖なのかと気を取り直して、神社を目指す。

さすがに神門《しんもん》を越えることはできないはずだ。あともう少し——。

宮子の足に何かが触れた。細胞を直接破壊されるような嫌な感触がし、意識が一瞬途切れる。必死で気を保たせながら力を振り絞り、宮子は白塀《はくべい》に囲われた境内に飛び込んだ。

と同時に、途切れかけていた意識が戻る。

塀瓦《へいがわら》の向こうに、黒い靄が見えた。やはり、神域には入ってこられないのだ。

——助かった……。

幽体離脱したまま、宮子は手をついて社殿に平伏《へいふく》した。

六時の目覚ましが鳴り、ベッドの中で目が覚めた。

ちゃんと意識と体がつながっていることに、宮子《みやこ》は安堵《あんど》のため息を漏《も》らす。

起き上がろうとして、右足首に鈍い痛みを感じた。パジャマをめくると、足首にぐるりと痣《あざ》がある。

あれは、夢じゃなかったのだ――。

背筋がぞくりとして、今さら体が震えてくる。あのとき黒い靄《もや》につかまり、体に戻れなくなっていたら……。間一髪、境内に逃げ込めてよかった。

――そうだ！　満月の日、直ちゃんをうちに呼んで一晩神門《しんもん》の中から出さなければ、あいつは取り憑《と》《つ》くことができないはず。

宮子は飛び起きて机に走り寄った。カレンダーで満月の日を確認する。

「明日……」

金曜の晩だから翌日はちょうど休みだ。しかし、急に言い出して、直実は来てくれるだろうか。双方の親の許可ももらわなくてはいけない。しかも、父は明日の朝から伊勢《いせ》に出張で、土曜日の夜まで帰ってこないのだ。

――迷っている暇はない。他に選択肢もないし。

宮子は身支度をして神祠《しんし》へ向かった。昨夜助けていただいたことに、心から感謝の念を伝えて額《ぬか》づく。

自宅に戻ると、今度は御霊舎《みたまや》の前に座って手を合わせた。

──お母さん、友達が危ないの。うまく解決できるように力を貸して！

母の遺影に心の中でお願いして、気持ちを落ち着ける。洗濯機を回してから台所に戻ると、父が食パンを焼いていた。

「宮子、一枚でいいか」

はい、と返事をして、湯を沸かす。コーヒーを淹《い》れながら、父の様子を窺《うかが》った。切り出すなら今だ。

「お父さん、……明日、友達に泊まりに来てもらってもいいかな。ほら、お父さん出張だし、鈴ちゃんと二人じゃ心細いし。クラスの子で、菱田直実《ひしだなおみ》ちゃんって言うの」

席に着いた父が、顔をあげる。

「それは構わんが、先方の親御さんは了承されているのか？」

「ん……今日誘うつもりなの」

「えらく急な話だな。お父さんもお友達にあいさつしたいが、明後日《あさって》は帰りが遅くなるんだ。ちょっと用事があってな」

見合いのことだ。

とたんに、宮子は落ち着かない気分になった。家族にとっての一大事なのに「ちょっと」

だなんて。

あの靄や直実の父がした約束のことを相談したかったはずなのに、「そうなんだ。こっちはいいんで、どうぞごゆっくり」と憎まれ口をたたいてしまう。

焼けたパンを無言で食卓に運ぶ宮子が不機嫌そうだからか、自分も後ろ暗いところがあるからなのか、父はそれ以上何も訊《き》かずに言った。

「今日、その子と親御さんから許可をもらっておいで。今晩、私から先方に電話して、泊まりに来ても大丈夫なように口添えするから」

ぎこちなく父に礼を言い、黙々と朝食を食べる。

お見合いをするのかと、はっきり訊くことができない。答えを聞いてしまったら、今のままでいられなくなってしまう。それ以上会話をする余裕もなく、食事を終えた宮子は急いで家事を片付け、寝起きの悪い鈴子をたたき起こして家を飛び出た。

明日、うちに泊まりに来ないかとの誘いに、直実は喜んで応じてくれた。

親に許可をもらうため、学校帰りに彼女の家に立ち寄る。

大丈夫だとは思うけれど昨日の靄にいきなり襲われたら、と宮子は警戒しながら門をくぐった。まだ陽のある時間だからか、あれの気配は感じない。

親に声をかけてくると言って家に入った直実を待つ間、宮子は昨日の寝室の前までこっそり行ってみた。レースカーテン越しにうっすらと部屋の中が見える。正面にセミダブルベッドが二つ、左側のベッドのそばにはイギリスのロック歌手のポスター。昨日見た部屋と同じだ。左のベッドの掛《か》け布団《ぶとん》が盛り上がっている。中で人がうずくまって——。

飴色《あめいろ》の扉がガチャリと音を立てた。宮子はあわてて玄関に戻り、呼吸を整えた。

「ごめんなさいね、お待たせして」

今日は母親が出てきた。ミディアムボブの仕事ができそうな人だ。直実の部屋にあがらせてもらい、彼女が親に話をしている間、宮子は気を研ぎ澄ませて階下の様子を探った。

この真下が寝室のはずだ。やはり、かすかに人の気配がする。

しばらくして、直実が戻ってきた。

「お泊まりオッケー出たよ。お父さんが『あの神社の子のとこか。ぜひ行ってこい』って」

「お父さん、今日家にいらっしゃるの？」

「うん。なんか気分が悪くなって、午後から帰ってきたんだって。今、横になってる」

やはり、ベッドにうずくまっていたのは父親だったのか。黒い靄の瘴気《しょうき》にあてられたのかもしれない。

帰《かえ》り際《ぎわ》、直実の母親が「明日、よろしくね」と笑顔で見送ってくれた。

「父が出張で、妹と二人だと心細いものですから。急に誘ってすみません、ありがとうございます」と宮子も頭を下げる。直実の父は、とうとう姿を見せなかった。

夜、父が菱田家《ひしだけ》に電話を入れて、明日のことを頼んでくれた。

「明日、お姉ちゃんの友達が来るの？　じゃあ花札しよう、花札」

アニメに出てくる花札がおもしろそうだからと、鈴子《すずこ》は母方の祖父に花札を教えてもらい、以来いたく気に入っている。絵札や役の呼び名がきれいなのがツボらしい。鈴子が人見知りしない性格なのは、こういうときに助かる。

翌朝、始発電車で出発する父を、宮子は早起きして見送った。

心配なのか「戸締まりと火の元だけは気をつけるんだぞ。賽銭泥棒《さいせんどろぼう》がいるから門の閂《かんぬき》も確認を。何かあったらすぐ電話しなさい」と何度も言われた。

いちばんの心配ごとはあの靄なのだけれど、神門より中にさえいれば問題ない。それより初めて友達が泊まりに来るということに心が弾んでしまう。一緒にご飯を食べて、パジャマのまま夜遅くまでおしゃべりして――。

そわそわしながら授業を受け、放課後がやってきた。

直実との待ち合わせは五時半。それまでに、宮子は急いで買い物や用事をすませ、神社の戸締まりを念入りにして事務の原田《はらだ》さんを見送った。

汗を拭いてお気に入りの服に着替え、オレンジ色の花の髪飾りをつける。鏡に映った自分があまりにもうきうきした顔なので、なんだかデート前みたい、と苦笑してしまう。

約束の十分前に一の鳥居前に出て待つ。しばらくして直実がやってくるのが見えた。

本来の目的を思い出し、宮子ははしゃぐ心を抑えながら、視線を切り替えて直実の周りをチェックする。大丈夫、怪《あや》しいものはついていない。

「どうもー、お世話になります。あ、これ、うちの親からおみやげのケーキ」

「わ、嬉《うれ》しい。お気遣いありがと」と言って、宮子はケーキの箱を受け取った。

鳥居の前で一礼すると、直実が興味深そうに言った。

「いちいちお辞儀するんだね」

「小さいころからの習慣なんだ。変かな」

「変じゃないよ。信じるって、美しいもん」

砂利《じゃり》を踏む音を響かせて参道を歩く。そういえば寛太《かんた》も当たり前のように一礼していたな、と思い出す。自分と寛太にとっては自然な行為だけれど、それが特別なことのように思えてなんだか嬉しい。

参拝時間外は神門を閉めているので、白塀《はくべい》の右隅にある自宅用通用口から入る。

「どうぞ」

引き戸をガラガラと鳴らして玄関を開けると、早速、鈴子がやってきた。

「こんにちは！　柏木《かしわぎ》鈴子ですっ」

大きくお辞儀をする鈴子に、直実も笑ってお辞儀を返す。

「お姉ちゃんの友達の、菱田直実です。よろしくね」

鈴子が満面の笑顔で、「スリッパどうぞ、スリッパ」と来客用のスリッパを並べる。

居間に移動すると、鈴子がピザのチラシを広げた。今日の晩ご飯は、鈴子ご所望の宅配ピザだ。

「直実姉ちゃんは、どのピザがいい？」

直実も鈴子のテンションに乗って、あれがおいしそう、こっちも捨てがたいとはしゃぐ。相談の結果、スペシャルミックスと明太子《めんたいこ》チーズを注文した。

直実が社殿を見たいというので、渡り廊下を通って案内する。

電気を点《つ》けて社殿に入ると、宮子は神祠《しんし》の前で正座をし、二礼二拍手一礼した。左横にある、祖霊を祀《まつ》る霊祠《れいし》にも、同様の作法をする。

「すごいね。ホントに神社だね。和太鼓《わだいこ》とか普通にあるし。なんか平安時代みたいな模様の布がかかってる」

正面には朽木《くちき》模様の壁代《かべしろ》がかかり、左右の真榊《まさかき》に三種の神器を模《かたど》った鏡、剣、勾玉《まがたま》がかけてある。宮子にとっては見慣れた光景だけれど、直実には珍しいのだろう。彼女は興味深そうにいろいろ見て回っていたが、最後まで神前に手を合わせることはしなかった。これればかりは相容《あいい》れないな、と宮子は寂しく思いながら社殿をあとにした。

渡り廊下から、自宅の電話のベルがかすかに聞こえる。鈴子が出て「鳥居をくぐった先の、塀の右隅の通用口から入ってください」と言っている。ピザの宅配が来たのだろう。

自宅側に戻ると、ちょうど玄関にピザが届いた。宮子は財布を取ってきて、会計をすませる。

「お姉ちゃん、早く早く」

鈴子に急《せ》かされて台所に入ると、すでにピザが並べられていた。ジャンクフードにコーラやウーロン茶のペットボトルが並ぶ食卓は、なんだか新鮮だ。

「ピザってイタリアの食べ物なの？　アメリカのだと思ってた」

「元々はね。イタリアではピッツァって言って、小ぶりなのを一人一枚食べるの。こういう大きなピザをみんなで分けるのは、アメリカンスタイルなんだよ」

鈴子と直実はすっかり打ち解け、おしゃべりに興じている。食事中の会話は、柏木家ではないことだ。社交的な鈴子には、無口な父やおとなしい宮子との生活は、窮屈《きゅうくつ》なのかもしれない。宮子も今日ばかりは雑談に参加し、学校のことやテレビのことを話しながら食事を終えた。食卓の上を片付け、直実にもらったケーキと紅茶を出す。

「うちって、ご飯のときはしゃべらない決まりがあるんだ。でも、おしゃべりしながら食べるのって、楽しいね。直ちゃんちはお父さんやお母さんと話しながら食べてるの？」

「共働きだからバラバラのことも多いけど、一緒のときはそうだね。大抵、お父さんがおもしろい話をして笑わせてる。黙って食べるのって、つらくない？」

「慣れたかな。食べることだけに集中して、食べ物への感謝を実感した方がいいって、お父さんの教えなの。直ちゃんちが、ちょっと羨《うらや》ましい」

私も羨ましい！　と鈴子も同調する。直実は紅茶を飲み干して、カップを置いた。

「ま、お父さんの考えは正論じゃん。それに、よく物語であるじゃない。お互いの境遇《きょうぐう》が羨ましいから何日か交換してみたら、やっぱり元通りの方がいいと実感するって。宮ちゃんと鈴子ちゃんにとって、何だかんだ言っても自分のお父さんがいちばんなんだよ」

直実は基本的に、意見が違っても相手が大事にしているものを尊重してくれる。こういうところが魅力的なんだよね、と友人のきりりとした横顔を見ながら宮子は嬉しくなる。

三人で協力して片付けをした後は、花札で遊ぶ。昔の遊びが珍しいらしく、直実もお菓子を賭けて真剣に勝負している。

気がつくと、時計はもう十時を指していた。

さすがに鈴子はうとうとしている。風呂《ふろ》に湯を張り、先に直実に入ってもらう。その間に客間に布団《ふとん》を敷いた。念のため、三人一緒に寝る方がいいだろう。

直実が客間に戻ってくると、交替で鈴子に風呂へ行くように言う。

「窓の外で何かがコソコソ動いてるからビックリしたけど、猫か何かだったみたい」

直実の言葉に一瞬どきりとしたが、あれは神域である境内に入ってこられないはずだ。たぶん、近所の家の猫だろう。

「直ちゃんのパジャマ、かわいいね」

チャイナ服のようなピンクのパジャマは、ズボンが七分丈で野暮《やぼ》ったさがない。

「そう？　ピンクって恥ずかしいんだけど、お母さんの趣味なんだ」

「お母さん、かわいいのがお好きなんだね。玄関の粘土細工もお母さん作？　やっぱり」

本人は活発そうなイメージだったが、たぶんかわいらしいものを身の回りに揃《そろ》えることで、バランスを取っているのだろう。宮子は母親がいないし、祖母では感覚が違うので、若い子向けのかわいい服を買ってもらったことがない。自分のパジャマがスウェットパンツとTシャツであることが、恥ずかしく思えてきた。小学校の林間学校で「パジャマはジャージとTシャツ」と指定されて以来、定番になってしまったのだ。

さっさと出てきた鈴子に代わって、宮子も風呂に入った。髪が長いと、乾かすのに時間がかかる。長髪にこだわってはいないけれど、祖母がいつも「宮ちゃんの髪はほんまに美しいなぁ。小野小町《おののこまち》もビックリやで」と褒めてくれるので、切るのが申し訳ないのだ。

ようやく乾かし終えて客間に戻ったときには、鈴子はもう眠っていた。

直実が読んでいた本に栞《しおり》をはさみ、畳《たたみ》に置く。

「鈴子ちゃん、いい子だね」

「そう言ってもらえるとありがたいな。でも、騒々しいでしょ。誰にでもこうなの」

直実が、鈴子の寝顔を見て微笑《ほほえ》む。

「気を遣ってるのよ。無邪気で子どもらしくしていれば、周りから好かれるし、お父さんや宮ちゃんにもプラスになるって、無意識にわかってるんじゃないかな」

「そうかな」

「そうよ。人と接するとき、先手を打って仲良くなっちゃえば、摩擦《まさつ》が少なくてすむもの」

言われてみると、鈴子の無邪気さは、彼女なりの世渡り術のような気がしてくる。人付き合いが得意ではない父や宮子を、フォローしているつもりなのかもしれない。

「そっか。そうよね。……そんなことも気づかないなんて、姉失格だわ」

宮子は電気を消し、布団《ふとん》に入った。

「宮ちゃんは宮ちゃんで、一生懸命《いっしょうけんめい》やってるじゃん。家事もして、神社の手伝いもして、それなのに成績優秀。まさに優等生じゃん」

豆球の薄明かりで、眼鏡を取った直実の横顔がうっすらと見える。

「優等生、ではないと思うよ。昔、嫌味でイイ子チャンって言われたことはあるけどね。……私、全然いい子じゃないし」

「どうしてそう思うの？」

迷った末、宮子は天井の木目を見つめながら話した。

「お父さんにお見合い話があるんだけど、私、再婚してほしくないんだ。お父さんまだ四十三だし、本当ならいいことなんだろうけど、どうしても嫌なの。理由はうまく言えないんだけど、とにかくヤダ」

直実が一呼吸おいて、ぽつりと言った。

「それって、普通の感情じゃないかな。私だって、もしお父さんが再婚するとか言ったら、絶対嫌だもん」

　直実が寝返りを打ってこちらを向く。

「私は『お父さんのために歓迎しろ』とか言うつもりはないな。嫌なら嫌って言えばいいじゃん。それでもお父さんが再婚するのなら、腹を決めて折り合いつければいいんだし。今は、無理しないで素直にヤダって伝えちゃえば」

　嫌だと言っていい、という直実の言葉に胸が温かくなる。父のためを思えない身勝手な娘だという罪悪感でがんじがらめになっていた心が、ほどけて軽くなっていくようだ。

「そうだよね、言ってもいいよね。私の『お母さん』は、死んだお母さんだけだもん。それに、お父さんが女の人と一緒になるのって、生々しくて気持ち悪い」

「あ、その気持ち、わかる！　私、親の現場だけは絶対に遭遇したくない」

「親に限らず、見たくないよ」

　話題は、三年の先輩が音楽室で鍵をかけてけしからぬ行為に及んでいた噂《うわさ》になった。

「不潔《ふけつ》よね。もっとこう、プラトニックなのに憧れるな。好きなんだけど手も触れないし、見てるだけで幸せ、みたいなの」

「なになに、宮ちゃん、もしかしてプラトニックラブ中？」

　反射的に寛太の顔が浮かんでしまい、耳が熱くなる。

「や、そんなんじゃないって」

「あわてるところがアヤシイなー」

寝ている鈴子を起こさないよう小声ではしゃいでいるうちに、瞼《まぶた》が重くなってくる。直実が寝息を立て始めたのを確認して、宮子も目を閉じ、眠気に身を委《ゆだ》ねた。

ふと、頬に風が当たった気がして、目が覚める。

豆球の明かりで時計を確認しようとして、息を呑《の》んだ。

いる。

直実の腹の上に、黒い靄《もや》が見えた。

――どうして？　境内には入ってこられないはずなのに。

妖《あやかし》は許可がないと、自分よりも強い存在がいる場所に入ることができないはずだ。直実には何もついていなかったし、他に外から来たというと……。

――そうだ、宅配ピザ！

鈴子が玄関の場所を教えて「入ってください」と言っていたことを思い出す。あれは、ピザの配達員についてきたのだ。

最初から自分が応対していれば気づけたのに、と後悔しながら、宮子は布団の横の袋にそっと手を伸ばした。念のため、大麻《おおぬさ》を用意しておいたのだ。さすがに本物を使うのはためらわれるので、習字の半紙を切り折りし、棒に麻紐《あさひも》で巻いて作ったものだ。

直実が苦しそうに呻《うめ》く。

宮子は、父がお祓《はら》いをするときの所作を真似《まね》て、大麻《おおぬさ》で直実の上を祓った。紙の束が、シャッという鋭い音を響かせる。

黒い靄が飛び退《との》く。その隙に、宮子は直実をかばうように前に立ち、大麻《おおぬさ》を構えた。

《前に見た人間か。邪魔をするな。我はこの娘の父から、体をもらう許可を得ている》

靄の塊《かたまり》の正面に、二つの丸い目が光っている。

「友達の体が乗っ取られるのを、黙って見ているわけにはいかない。悪いけど諦めて」

直実の足元にいた黒い靄が、こちらに飛びかかってくる。動きに緩急があって意外と素早い。宮子は大麻《おおぬさ》を振ってそれをかわした。

黒い靄が天井の隅に留まり、こちらを見ている。睨《にら》み合う状態がしばらく続き、自分の呼吸音だけが薄闇の中に響いた。

どのくらいそうしていただろう。宮子が疲れから気をゆるめた瞬間、黒い靄が滑空《かっくう》して目の前に迫ってきた。あわてて大麻《おおぬさ》で祓ったが、紙垂《しで》を二本破られてしまう。

黒い靄との攻防が、とめどなく続く。いつ攻撃されるかという緊張で、宮子は消耗する一方だ。気を張り詰めすぎて吐き気がし、手に力が入らなくなってくる。

夜明けまで、もたないかもしれない。

弱気になる自分を奮い立たせて、宮子は挽回策《ばんかいさく》を必死で考えた。

——直ちゃんを連れて、神祠《しんし》前まで行くのはどうだろう。神様の前までは、畏《おそ》れ多《おお》くてついてこられないはず。

「直ちゃん、起きて！」

宮子の叫び声に、直実が目を覚ました。彼女は枕元の眼鏡をかけると、大麻《おおぬさ》を構える宮子を見て、不思議そうに上半身を起こす。

「……何、宮ちゃん、どうしたの？」

「直ちゃん、今から神社に行くよ。私についてきて」

「もしかして宮ちゃん、寝ぼけてる？」

直実があくびを嚙《か》み殺す。もちろん、彼女に靄は見えていない。

どうやって説得しようかと気を取られた隙に、黒い靄が姿を消した。

あわてて部屋の中を見回すけれど、見つからない。

大麻《おおぬさ》を持つ手が汗まみれで、落としてしまいそうになる。

この状態で移動するのは危険だ。どこから襲われるか予想がつかない。社殿のように、邪気を寄せつけないものがあれば。……そうだ、注連縄《しめなわ》！

「鈴ちゃん！　鈴ちゃん、起きて！」

宮子は大声で叫び、一つ向こうの布団で寝ている鈴子を起こそうとした。今までも結構騒いでいたのに、鈴子は起きる気配すらない。

「……鈴ちゃん、鈴ちゃんってば！」

ようやく鈴子が頭を動かし、むにゃむにゃ言いながら宮子を見た。

「鈴ちゃん、お願い。社務室に行って、地鎮祭《じちんさい》用に置いてある注連縄《しめなわ》を取ってきて」

鈴子が目をこすりながら、上半身を起こす。

「えー、夜中にあっちまで行くの、怖いよぉ」

ぐずっていたが、すぐに何かの気配を察したらしい。鈴子は警戒するようにあたりを見回し、宮子の方を向いてうなずくと、立ち上がって小走りで客間を出ていった。

「何？　鈴子ちゃんまで」

二人の雰囲気に圧《お》されたのか、直実が不安そうな顔で立ち上がる。

「宮ちゃん、何なの？」

「直ちゃんのお父さん、福沢諭吉《ふくざわゆきち》みたいなことしたって言ってたよね。……大学にあった祠《ほこら》を壊したんじゃないの？」

低い声で言うと、直実が宮子のすぐそばまで寄ってきた。

「どうしてそれを」

「そこに祀《まつ》られていたものが、代わりの棲《す》みかが欲しいって。お父さんが建ててくれないなら、人間の体でもいいって」

「……もしかして、私の体を？」

宮子は無言でうなずいた。

「や、やだなぁ、宮ちゃん。ドッキリにしては、手が込みすぎてるってば」

気を研ぎ澄ませて探るが、黒い靄がどこにいるのかわからない。無視された形になった直実が、宮子の腕を揺する。

「それともあれだ。小さい子がよく、自分は悲しくないのにお母さんが泣いてるのを見ると、つられて泣いちゃうあれ。宮ちゃん、感受性が強いから」

早口でまくしたてていた直実が、言葉を切って独《ひと》り言《ごと》のようにつぶやく。

「……でも私、祠《ほこら》を壊したことは言ってなかったよね」

急激に気配が強くなるのを感じて、宮子は天井を見上げた。

電灯の傘の上に、靄がいる。あわてて大麻《おおぬさ》を構え、直実をかばうように前に出る。

「やだ、何かいる！」

背後で直実が叫んだ。信念が揺らいだところに、霊視能力のある宮子のそばにいたから、共鳴して見えてしまったのかもしれない。こんなときに限って。

「宮ちゃん、逃げよう」

直実が急に宮子の腕を引っ張った。気を取られ、視線を外した一瞬の隙を突いて、靄が飛びかかってくる。

「だめ！」

直実をかばうように立ちはだかる。ちょうど大麻《おおぬさ》を持った側の腕をつかまれているので、祓《はらえ》で応ずることができない。

鈍い衝撃が、体に走った。

細胞がいったんほどけてまた戻る感覚に、顔をゆがめる。異物が混ざり込んでしまったような違和感に、宮子は耐えきれず膝を折った。

体の中に、靄がいる――。

反射的に、胸をたたいたり引っかいたりして抵抗したが、靄は出ていってくれない。

「宮ちゃん、どうしたの？　大丈夫？」

耳に届く直実の声が、くぐもって聞こえる。

自身の核の部分が、異物によってじわじわと浸食され始めた。乗っ取られないよう必死で気を保とうとするけれど、体を思い通りに動かすことさえ難しい。

しゃべるつもりはないのに、自分の唇が勝手に動く。

『無神論者の娘。本当はお前に取り憑《と》くつもりだったが、代わりにこの体をもらう』

低い声で語るのを、止めることができない。怯《おび》えた顔で直実が後ずさりするのを、確かに自分の目で見ているのに、離れたところからテレビ画面で眺めているように感じる。

『どうせお前も、我の存在など信じていないだろう。この娘がおかしくなったと思って、今日のことは忘れろ』

こちらを見る直実は、気の毒なほどうろたえている。

廊下を走ってくる足音が聞こえた。鈴子だ。

宮子は力を振り絞って、体の主導権を奪い返そうとした。

襖《ふすま》が開き、注連縄《しめなわ》を持った鈴子が入ってくる。

「お姉ちゃ……」

鈴子の顔が曇った。こちらに視線を向けたまま動きを止め、身構えている。

「鈴ちゃん、お姉ちゃんを縛って！」

やっとのことで、それだけ叫ぶ。不意を突かれた靄が、再び体を支配しようとする。手足がひとりでに暴れようとするのを、宮子は懸命に抑えた。

「早く！」

鈴子がうなずく。注連縄《しめなわ》を両手で持ち、膝をついている宮子の体に上からかぶせ、素早く締め上げる。

「直実姉ちゃん、こっち持って！」

鈴子の声で我に返った直実が駆け寄り、注連縄《しめなわ》の一端を持つ。もう一端を鈴子が持ち、宮子の上半身をぐるぐる巻きにして、固く結んだ。

腕や胸を縄で締め上げられているのに、感覚が鈍い。自分の体ではないみたいだ。

「直実姉ちゃん、すぐに戻るから、しっかり見張ってて」

鈴子が立ち上がって部屋を出ていった。直実が、鈴子が出ていった襖の向こうと宮子を何度も見比べながら、おろおろしている。

『よくもやってくれたな。元はと言えば、お前の父が、我の棲みかを勝手に壊したのが原因だというのに』

またしても口が勝手に動く。直実の額に汗が浮かんでいるのが見えた。

『そちらがその気なら、この娘の舌を噛み切るぞ。人間は、友達とやらを大事にするのだろう？』

宮子の体がにやにやと笑いながら、舌をべろりと出す。

「鈴子ちゃん、早く戻って！」

耐えられないという風に直実が叫ぶ。鈴子が走ってきて、泣きそうな声で言う。

「お姉ちゃん、お父さんの携帯、つながらないよう」

電波が届かないのか、何かに邪魔されているのか。それなら玄斎《げんさい》のところへ、と思うのに、口を動かすことも言葉を発することもできない。

代わりに霾が低い声で言う。

『助けなど呼ばせるものか。なかなか力の強い体だが、夜明けまではもつまい』

自分の意識がどんどん深いところに沈んでいって、闇に溶けて消えてしまうような気がする。いやだ、このまま乗っ取られたくない――。

「じゃあ、お願いがあるの！」

鈴子が急に真剣な表情で、宮子の体の前に座って顔を覗《のぞ》き込《こ》む。

「もし、お姉ちゃんの意識がなくなっちゃうんなら、最後に会わせたい人がいるの。今から連れて行かせて」

『……うぐぅっ』

宮子の口が威嚇《いかく》するように唸《うな》るのを、鈴子がさえぎる。

「けちんぼ。嫌でも会いに行ってもらうもん。……お姉ちゃん、まだそこにいるんでしょ？これから、寛斎《かんさい》兄ちゃんのところに行こうね。会いたいでしょ」

どうして鈴子がそんなことを言い出すの⁉　と宮子はうろたえたが、すぐに妹の意図を察する。たぶん、鈴子は玄斎を頼ろうとしているのだ。寛太《かんた》のことを口実にして玄斎の庵《いおり》に連れていき、憑《つ》きもの落としをする作戦だろう。

宮子は鈴子の思惑に乗り、恋する乙女《おとめ》のような演技で自分の中の異物に訴えた。

——最後に一目でいいから、好きな人に会わせて！　まだ気持ちを伝えてすらいないの。彼に会うまでは、意地でも体にしがみついてやるんだから。

『ふん。人間は、年がら年中色恋沙汰《ざた》で必死だな。低俗極まりない』

靄が呆《あき》れたように言い放つ。隙ができた今なら、少しだけ体を動かせそうだ。宮子は自分の意識と体を、なんとかつなげようとした。

うう、と呻《うめ》き声《ごえ》が漏れる。鈴子がにじり寄ってきて背中を撫《な》でさすってくれた。すると、胸のあたりのつかえがすうっと取れて、ようやく深く息をすることができた。

「……会いに、行く」

吐く息に乗せて、小さくつぶやく。鈴子の手が、肩をぽんぽんとたたくのを感じた。

「わかった。今、電話してくるから、待ってて」

鈴子が走って廊下へと出ていく。一瞬楽になったのに、鈴子の手が離れたとたん、また黒い靄が宮子の心を体から押し出し始める。

注連縄《しめなわ》を解こうともがく宮子の体を、直実が恐る恐る背後から押さえる。彼女の手には、鈴子のような効果はなさそうだ。

住所録を持った鈴子が、戻ってくる。

「お姉ちゃん、連絡取れたよ。待ってるから、今すぐ来なさいって」

今すぐといっても、まだ真夜中だ。電車も動いていない。「どうやって行けばいいんだろう」とおろおろする鈴子に、ずっとうろたえていた直実がはっきりした口調で言った。

「私、お父さんに車を出してもらうよう、頼んでくる」

鈴子が顔をあげる。

「ホント？　ありがとう、助かった！」

「電話借りるね。住所はどの辺なの？」

鈴子が住所録を見せながら、「吉野《よしの》の大きなお寺の近く」と説明をする。

電話をかけにいった直実が、しばらくして戻ってきた。

「お父さんに頼んできた。十五分くらいで着くから、道路に出ておいてって」

鈴子と直実が、服を着替えて荷物を準備する。

「お姉ちゃん、着替えられなくて悪いけど、我慢して。そのかわり、髪はきれいにして行こうね」

長い髪を櫛《くし》でまとめて髪ゴムで結わえ、ポニーテールにしてくれる。

宮子の中の靏は、その間ずっと静かだった。もしかすると鈴子は父と同じく、霊視能力はなくても潜在的《せんざいてき》な霊力が強いから、靏を抑えることができるのかもしれない。

バッグを抱えた鈴子と直実に両脇を支えられて、玄関へと向かう。宮子の足に靴を履かせられずに二人が悪戦苦闘していると、ちょうど直実の父が迎えに来てくれた。

『無神論者のくせに、お前も考えたな。娘をこんなところに隠そうとするとは。やはり、信念が揺らいだか』

クツクツと笑う声に、直実の父が顔をゆがめる。が、無言で宮子の体を抱き上げ、外へと向かった。

「直実、ポケットにキーが入ってる。車を開けてきてくれ」

直実の父が、宮子の方を見ないように言う。

「わかった。鈴子ちゃん、宮ちゃんの靴と戸締まりをお願いね」

走っていく直実の足音が遠ざかる。

『ふん。お前の主義からすると、自分の娘も他人の娘も公平に助ける、といったところか』

宮子の体を抱える直実の父の手に、力が入る。彼は無言のまま、暗い参道を歩き続けた。

『いや、平等と見せかけてただ単に、自分の娘の代わりに誰かが犠牲《ぎせい》になるのは、寝覚《ねざ》めが悪いだけなのだろう』

直実の父が足を速める。鳥居を出てすぐのところに、シルバーの車が横付けされ、直実が後部座席のドアを開けて待っていた。

「乗せるぞ」

直実が先に乗り込み、宮子の体を引き入れるのを手伝った。靄が足をばたつかせて暴れ出す。直実の父と入れ替わりに、鈴子が後部座席に乗り込み、宮子の膝を押さえた。

「お姉ちゃん、返事して！」

体と意識のつながりを断たれそうになっていた宮子は、鈴子の手のぬくもりを道しるべに、体の主導権を明け渡さないよう踏みとどまった。

「よし、行くぞ」

直実の父がドアを閉め、車を発進させる。

吉野までの道中、鈴子が宮子の肩や膝をさすって気を保たせてくれた。しかし時折、意識が混濁《こんだく》して夢なのか現実なのかがわからなくなってしまう。

朦朧《もうろう》とする中、宮子は自分の記憶にはない風景を見た。

人のいない、鬱蒼《うっそう》と茂る木々の間を、自らの両手両足を目いっぱい広げて軽やかに飛び回っている。体をよじると、太くて長いしっぽが夜の闇の中でもはっきりと見えた。ああ、自分は今、山に棲《す》む獣《けもの》になっているのだ――。

カーブのせいで体ががくんと倒れ、宮子は目を覚ました。

曲がりくねった坂をあがりきり、吉野山の門前町に着いたところだった。

「あの子か」

直実の父の声に目を動かすと、ヘッドライトの向こうの暗闇に、懐中電灯を持って手を振る白衣の少年の姿が見えた。寛太だ。

車が、庵《いおり》の石段下の空きスペースに停《と》まる。

「お姉ちゃん、着いたよ」

鈴子が膝を軽くたたいて合図する。

先に降りた直実と入れ替わりに、寛太が顔を覗《のぞ》かせて言った。

「おいおい、おもしろい格好にされているな。相変わらず予想の斜め上を行く奴《やつ》だよ」

注連縄《しめなわ》でぐるぐる巻きにされているのに加えて、パジャマのままだ。パジャマといっても、スウェットパンツとTシャツであることが、かえって救いだが。

「やだ、見ないで！」

宮子は思わず叫び、顔をそむけた。反対側を向いてから、体の主導権が自分にあることに気づく。

隣に、寛太が座る気配がした。

「会うなりごあいさつだな。まあ、こっち向けよ」

頬どころか、耳まで熱くなっているのがわかる。宮子は小さく首を振った。こんなみっともない姿を見られたくない。

「おもしろいとか言って悪かった。もう見ないから、こっち向けって」

小さい子を諭すような口調で、寛太が言う。宮子は恐る恐る彼の方を向いた。

「臨兵闘者皆陣列在前《りんぴょうとうしゃかいじんれつざいぜん》！」

寛太が素早く九字《くじ》を切る。

心と体の回路が断たれ、首がかくんと背もたれに倒れた。目も見えるし声も聞こえるが、体が動かない。それは靄も同じらしく、なんとか動こうと必死になっているのがわかる。

「お姉ちゃん？」

鈴子が心配そうに、膝へ手を置いてくる。

「霊縛法《れいばくほう》で動きを封じただけだ。心配ない」

寛太がそう言って、注連縄《しめなわ》の結び目を解き始める。縄の縛《いまし》めが取れると、久しぶりに呼吸が楽になった。

「このまま庵《いおり》に運ぼう。鈴子ちゃん、背負うのを手伝ってくれるか」

車外に出た寛太の背中に宮子の体が乗せられ、彼の体温がじかに伝わってくる。こんなときなのに「直ちゃんが泊まりに来るから、Tシャツの下にハーフトップを着ておいて良かった」などと思ってしまう。

寛太は宮子を背負ったまま立つと、体を揺すり上げて位置を正し、しっかりと足を持った。垂れ下がった宮子の手を、鈴子が寛太の肩に回す。

「あの石段をのぼる気かい？　それは無理だよ。私が代わろう」

直実の父が言う。確かに、庵《いおり》への石段はかなり長い。

「大丈夫です。鍛《きた》えてますから」

「しかし……」

「こいつ一人くらい、どうってことありません」

寛太がゆっくりと歩き出す。薄暗い行く手を、後ろから鈴子が懐中電灯で照らしてくれている。一段のぼるごとに、寛太の息遣いが宮子の耳元で聞こえた。

「そろそろ代わろうか」

途中で直実の父が申し出たが、寛太は「大丈夫です」と言い張り、歩き続けた。

平静に見せかけているが、首筋に流れる汗や、呼吸のたびに大きくふくらむ背中で、かなり体力を使っているのがわかる。宮子は申し訳なさでいっぱいになった。

けれども同時に、ずっと背負われていたいとも思った。あまり肉のついていない背中から伝わるぬくもり、骨張った肩、目立ち始めた喉仏《のどぼとけ》、白檀香《びゃくだんこう》と肌のにおい、小さく漏れる息遣い。この一つひとつをずっと覚えていたい。

門の前に着き、庭に入る。

「来ましたかな。そのままこちらへ」

奥から、玄斎の声がした。自分の中の靄が、おびえているのがわかる。

寛太は土間に入ると、左側の板の間に宮子の体を乗せた。履物を脱いで自らもあがると、注連縄《しめなわ》を張った結界の中に入り、玄斎の前に宮子の体を支えて座らせた。

穏やかに微笑《ほほえ》む玄斎と対峙《たいじ》する。宮子の中の靄が再び暴れようともがく。

「手荒なことをして、すまんかったのう。体の持ち主の安全を守るために、動きを封じさせてもらったんじゃ」

宮子の体が、ぐうぅ、と低い唸《うな》り声《ごえ》をあげる。

「別に、無理やり追い出そうというわけじゃない。……少し待ちなされ」

玄斎が印を結んで真言《しんごん》を唱える。とたんに、見えない縛めがゆるんで全身に力が戻った。

しかし、体の主導権はまだ靄が握っている。

「お前さんは、元々山に棲む生き物じゃろう。なぜ人の体を欲《ほっ》する」

『そうだ。山に棲んでいた。しかし、人間が大勢やってきて森を切り開いた。巣穴があった木も切り倒された。何故《なぜ》死んだかもわからぬまま、我は命を絶たれた』

両手を前肢《あえあし》のように床につき、宮子の体が玄斎を睨《にら》み上げる。

『人間たちが我の死体を埋め、小さな祠《ほこら》を建てた。棲んでいた大木は、何やらいわく付きと思われていたらしい』

体長三十センチほどの動物を、伐採業者が両手で抱え上げているところが、宮子の脳裏《のうり》に浮かんだ。四足《しそく》をだらんと下げ、万歳の格好をして仰向けになっている。前肢《ぜんし》から後肢《こうし》までつながる風呂敷《ふろしき》のような白い飛膜《ひまく》がやたら目立つ。しっぽは案外長くて太い。

これは、ムササビだ。

人々が建てた祠《ほこら》の住み心地は思いのほか良かったらしく、彼はそこにとどまった。切り開かれた土地には大学ができ、多くの人が出入りするようになった。

由緒《ゆいしょ》を知らない教授や学生たちが、どこかの摂社《せっしゃ》と思って供え物をしたり、手を合わせたりするのを、ムササビは不思議そうに見ていた。就職祈願と恋愛成就《じょうじゅ》の願いごとが多く、時には「好きな子と付き合うことになりました。ありがとうございます」と嬉《うれ》しそうにお礼参りに来る子もいた。

『こんな暮らしも悪くないと思っていた。だがある夜、酒に酔った男が宴会帰りの学生たちを引き連れて来て、祠《ほこら》を蹴り壊し、踏みつけた。こんなものは迷信《めいしん》だ、自らの罪悪感を解消するためや現世利益《げんせりやく》のために、いもしない神仏を頼っちゃいかん、と』

宮子の体が首をひねり、土間に立っている直実の父を睨む。彼は視線が合うと、青ざめた顔でうつむいた。

「そうか、いきなり家を壊されてしまったのか。お前さんは、何も悪くないのにのう」

玄斎の言葉に、ムササビが振り向く。

『善悪によって結果が決まるなどというのは、人間の考え方だ。我々の世界では、強い者が勝ち、弱い者が負ける。それだけのこと。……とはいえ、利害関係にない者の棲みかを戯《たわむ》れに破壊したりはしないがな、誰かのように』

ムササビが再度直実の父を睨む。拳を握りしめたまま突っ立っている父親の隣で、直実も表情を硬くしてこちらを見ている。

「同じ人間として、申し訳ないことをした」

ムササビが、四《よ》つん這《ば》いの姿勢で玄斎を見上げる。

『では、この体を我にくれ』

宮子は躍起《やっき》になって体を取り戻そうとした。奪われまいとするムササビが喉を掻《か》きむしり、呻き声をあげる。

「お前さんには悪いが、それはできん。持ち主から勝手に体を奪うことは許されん。それに、その娘さんはなかなか力が強いでのう。ちょっとやそっとじゃ乗っ取れんぞ。お前さんも、いつまでも他人と同居では居心地が悪かろう」

うずくまった宮子の体が、舌打ちをする。

『我を無理やりここから追い払うのか。人間はいつも、自分さえよければいいのだな』

「そうじゃな。人間はいつも、自分の居心地がよくなるように行動する。しかしそれは、お前さんたちも同じじゃろう。誰だって、いちばん大事なのは自分じゃ」

ムササビが、ぐぬう、と唸《うな》る。

「じゃが、できる限り、周りのものにも居心地よくあってほしいと思うておる。その方が、自分も気分がいいからな。そこでじゃ」

玄斎が上半身をかがめ、視線を合わせた。

「お前さん、山へ帰らんか？　元の山は無理じゃが、吉野には修験道《しゅげんどう》の聖地がある。そこならあまり人が来ない。気の流れもよいから、棲み心地もよかろう」

ムササビが警戒するように、玄斎を見つめ返す。

『坊主《ぼうず》というのは、狐狸妖怪《こりようかい》の類《たぐ》いは無理やり調伏《ちょうぶく》か教化《きょうけ》をするのではないのか。我を騙《だま》すつもりだろう』

玄斎が声をあげて笑った。

「おやおや、大学の授業ででも聞きなさったのかな。まあ、懲《こ》らしめたり無理やり仏道に帰依《きえ》させたりするのも本人のため、という考えもあるがな。儂《わし》は、無理強いはしたくない。

発心《ほっしん》は自分から起こすものじゃ」

　穏やかな声で、玄斎が諭す。

「吉野の山々には神仏が坐《おわ》す。お前さんにその気があるのなら、教えを乞《こ》うてお仕えし、眷属《けんぞく》にしてもらえばよい。もちろん、山でひっそりと過ごしてもよい。他の生き物や、お前さんのような体を持たない者たちもたくさんいる。とにかくお前さんを騙す気はない。儂は出家の身じゃから、嘘《うそ》をついてはならんという戒《かい》を受けておるのでな」

　宮子の中に、山の記憶が流れ込んできた。風に揺れる葉擦《はず》れの音、木の実のほろ苦い味。


　帰りたい。


　宮子は、体を分け合っているムササビに話しかけた。

　――玄斎様は信頼できるお方だから、大丈夫。帰りましょう、山に。

　鼻の奥がツンとして、涙が出そうになる。ムササビが、宮子の口を借りて言う。

『では、そこに連れていってくれ。ただし、もし我を騙すようなことがあれば、この娘も道連れにする』

　玄斎は「心配には及ばんよ」と言ってうなずいた。

　今度は、土間で控えている直実の父の方を向く。

「まだ、お名前を伺っておりませんでしたな。庵主《あんじゅ》の玄斎と申します」

「菱田《ひしだ》と申します。大学の准教授《じゅんきょうじゅ》です。こちらは、娘の直実です」

直実の父が、あわてて頭を下げる。直実も一緒に会釈《えしゃく》をした。

「菱田さん。こちらの方を、新しい棲みかにお連れしますでな、車を出してくださらんか」

玄斎がにこやかに言う。直実の父は戸惑っていたが、すぐに気を取り直して了承した。

近くに住んでいる玄斎の一番弟子を呼び出して鈴子と一緒に庵《いおり》で待っていてもらい、残りの五人で出発した。

白み始めた夜明けの空に、満月が残っているのが見える。

ムササビが体を明け渡さないので、宮子はまた寛太に背負われて石段を下った。

のぼりよりも膝に負担がかかっているようで、最初は一歩ごとに一段下りていたのが、いったん両足を揃《そろ》えてからそっと次の段に足をさしている。

明らかにつらそうなのに、彼は頑《がん》として直実の父に代わろうとはしなかった。

寛太の背中にも伝わってしまいそうなほど、胸が高鳴る。

宮子の口から突然、クツクツと笑い声が漏れた。ギョッとしたのか寛太が歩《ほ》を止める。

――ちょっと、何がおかしいのよ。

宮子がムササビの勝手な行動を抑えようとすると、頭の中に直接話しかけられた。

――いや、これがコイゴコロってやつかと思ってな。なかなか良《い》い味わいだ。

顔どころか耳まで熱くなって、宮子は黙り込んだ。

その感情にはわざと名前をつけないようにしていたけれど、寛太のことが気になるのも、話ができると嬉《うれ》しいのも、背負われているだけでドキドキが止まらないのも、もしかしたら、そう、なのかもしれない。

再び歩き始めたはずみで、前屈《まえかが》みになっている寛太のうなじに宮子の長い髪がかかる。膝を持つ彼の手に、力が入るのがわかった。

石段を下りきると、玄斎と寛太に挟まれて、車の後部座席に座らされた。

目的地に着くと、再び寛太に背負われ、まだ明るくなりきっていない早朝の山道を進む。しばらくすると、大きな岩のある広場へと着いた。霊域であるらしく、空気が引き締まった感じがする。

「ここはどうじゃな？」

玄斎が立ち止まって振り向く。

「ちょうどいい大きさの木も並んでおるし、太陽が直接当たらん。霊場の近くだから、空気もいい」

宮子の中のムササビが、品定めをするようにあたりを見回し、においを嗅《か》ぐ。

人の手が入っていない林は、木の葉の間からわずかに空が見える程度で薄暗い。朽ちた葉が混ざり合う土の香りに、不思議と気持ちが落ち着いた。

宮子の体が、うなずくように瞬《まばた》きをする。

「気に入ったかな。……では、お送りしてよろしいかの」

玄斎が合図をすると、寛太は宮子の体を下ろし、肩を支えて立たせた。

「何か言っておくことは、ありませんかな」

玄斎が直実の父に問う。しばらくの沈黙の後、かすれた小さな声がした。

「……申し訳ないことを、しました」

玄斎は笑顔でうなずくと、宮子の目の奥を見た。

「儂からも、詫《わ》びさせてもらう。すまないことをした。達者で過ごしなさいよ」

背後に回り込んだ玄斎が、真言《しんごん》を唱える。気合とともに、強烈な風が宮子の体を貫いた。

衝撃で、宮子の意識はムササビと一緒に肉体から弾《はじ》き出《だ》され、木々の間へと吹き飛ばされる。スピードが速すぎて、自分がどうなっているのかもわからない。

腹に縄が巻きつく感覚がして、宮子の意識だけが引きとめられた。

黒い靄《もや》がムササビの姿となり、四足と飛膜を誇らしげに広げて飛んでいく。

——元気でね。人間のせいで嫌な思いをさせて、ごめんね。

いったん木の枝に留まったムササビが振り返り、宮子に向かってニヤリと笑った。

——あの男、他の奴《やつ》がお前に触れるのが嫌なのか、無理してたぞ。よかったな、リョウオモイだ。

とんでもない爆弾発言に固まる宮子を置いて、ムササビはまた飛膜を広げて木々の間を滑空し、やがて見えなくなった。

巻きついた縄に引っ張られ、周りの景色が乱れる。世界がぐにゃりとゆがむ。

気がつくと、宮子の意識は体に戻っていた。手を握ったり広げたり、軽く足踏みをしたりして、体の主導権が自分にあることを確かめる。

ずっと体を支えてくれていた寛太が、宮子の両肩から手を離して後ろに下がった。

「ようやく戻りましたかな」

玄斎が顔を覗《のぞ》き込《こ》んでくる。宮子は弾かれたように頭を下げた。

「助けていただき、本当にありがとうございました。早朝からご迷惑をおかけして、申し訳ありません」

迷惑とは思っとらんよ、と玄斎が笑う。

「宮子君は感受性が強いから、こういう目に遭《あ》いやすい。だから、他のものに入られないように、あるいは入られても平気なように、もっと強くなりなされ。以前教えた瞑想《めいそう》は、毎日続けておるかな？」

精神的に不安定になったときに、心を育てる方法として教わった瞑想のことだ。

実は、毎日どころか週に一度すればいい方だ。大事なことだとわかりつつも、視点切替法のおかげで余計なものを見ずにすむようになってからはつい、さぼってしまっている。

「いいえ」

宮子は消え入りそうな声で言った。

「できるだけ毎日時間を決めてやりなされ。そうそう、月に一度、庵《いおり》で法話と瞑想の会をすることになったから、宮子君もおいでなさい」

今度こそちゃんと心を鍛えようと誓いながら、宮子は「はい」と返事をした。

「菱田さん」

玄斎が、直実の父に向き直る。

「今日のことを信じる信じないは自由ですが、あなたの行動が原因でこの娘さんを危険にさらしたことは、忘れんでくださいよ」

はい、と言って直実の父が深々と礼をする。隣の直実も、一緒に頭を下げた。

「では、帰りましょうかの」

先ほどまでの厳しい口調とは打って変わってとぼけた声で言い、玄斎が元来た道を歩き始めた。

直実が服と靴を渡してくれる。ようやくパジャマ姿をさらさずにすむことにほっとし、宮子は急いで上着を羽織った。

「宮ちゃん、ごめんね。私のことを助けようとしてくれたんだね。ありがと。それなのに私ったら……」

直実が申し訳なさそうに、宮子の肩に手を置く。

「ううん。私こそ、かえって心配かけちゃって、ごめん」

宮子は、直実の父にも詫《わ》びを述べた。

「おじさん、夜中にすみませんでした。車まで出していただいてありがとうございます」

直実の父は、いや、なに、と言葉を濁して頭を掻《か》いていたが、思い直したように背筋を伸ばして宮子に言った。

「自分と違う価値観も尊重しなきゃいけないのに、対話をするという大事なことを忘れていたよ。申し訳ない。……これからも直実と友達でいてくれるかな？」

宮子は笑顔で「もちろんです」と即答した。

考え方が同じじゃないと友達でいられないのでは、と心配していたけれど、お互いに自分の信じるものを大事にしつつ、相手の信条を尊重し合えばいいのだ。そういうことに気づかせてくれる直ちゃんは、やっぱり最高の友達だなぁ、と彼女の理知的な顔立ちを見ながら宮子は嬉《うれ》しくなった。

もう一人、きちんとお礼を言わなければいけない人がいる。

宮子は、寛太の方を振り向いた。

「あの……今回は迷惑をかけて、ごめんなさい。いろいろとありがとう、本当に」

頭を下げるが、反応がない。さすがに呆れているのかと恐る恐る顔をあげると、寛太は笑いを堪《こら》えるような表情をしていた。

「いつかやらかすとは思ってたがな。よりにもよって管長《かんちょう》さんが留守のときに、自分から危ないことに首を突っ込むなよ。友達思いのお前らしいけどさ」

返す言葉がなくて、宮子はうなだれる。

「俺も迷惑とは思っていない。頼るべきときは、最初から然《しか》るべき人を頼れ」

上目遣いに寛太の顔を見る。鋭い三白眼《さんぱくがん》は変わらないが、その眼光は思いのほか優しい。

「それと、毎日瞑想して、もうちょっと強くなれ。まあ、おんぶくらいならいつでもするけどな」

顔が熱くなり、寛太に背負われたときの感触を思い出して、体の芯がきゅんとする。

宮子は消え入りそうな声で「うん」と答えた。そんな宮子の様子がおもしろいのか、寛太がかすかに笑う。距離が縮まったみたいで、嬉しいような、照れくさいような気分だ。

「老師《ろうし》の法話会には、ちゃんと来いよ」

寛太が踵《きびす》を返《かえ》して玄斎の後を追う。

「来いよ」と言われたことが、なんとなく嬉しい。これからは毎月会えるようになるのだ。

振り返って林の方を見遣《みや》る。あのムササビは、安住の地を得られただろうか。

一陣の風が吹き、木々がざわざわと葉擦れの音をたてた。

土日が慌ただしく過ぎ、週明け、宮子《みやこ》は登山合宿に出発した。

班ごとに分かれ、女子は女人大峯《にょにんおおみね》と呼ばれる標高一七二六メートルの稲村《いなむら》ヶ岳《がたけ》に登る。木々がみっしりと生い茂る山道は薄暗く、一昨日《いっさくじつ》のことを思い出させた。

「そういえば、宮ちゃんのお父さん、お見合いはどうなったの？」

同じ班の四人が近くにいないのを見計らって、直実《なおみ》が小声で訊《たず》ねてくる。

「あ、あれ。最初から断るつもりだったんだって」

父にとって恩がある方からの話だったが、丁寧にお断りしたそうだ。

再婚で二人の娘付きの社家《しゃけ》という悪条件のところに来てもいいと言うのだから、よくよく考えればまたとない話だったな、と冷静になったあとで宮子は思った。

『神社の運営のために結婚、という考えは、したくないんでね。繁忙期《はんぼうき》は手伝いの神職さんも来てくれるし、事務は原田《はらだ》さんがいるし、宮子も鈴子《すずこ》も家事をしてくれるし。それに』

宮子と鈴子に再婚の件を問い詰められた父は、そう言って照れくさそうに続けた。

『妻は、生涯《しょうがい》一人だけでいいんだ』

その夜、宮子は父の好物の鰹《かつお》のたたきと茶碗蒸《ちゃわんむ》しを作り、白衣と袴《はかま》も念入りにアイロンをかけてあげた。

「なんだ、よかったじゃん。『妻は生涯一人だけ』なんて、お父さんステキね」

「えへへ。……そのかわり、例の件ではかなり怒られたけどね」

後ろから「ちょっと待ってよぉ」と同じ班の子の声がした。息を切らせ、手で膝を押すようにして山道を登っている。

「もう、山道きついわ。……あんたたち、元気だね」

二人は立ち止まり、残りの四人と合流した。直実がいつもの調子で明るく言う。

「ごめんごめん、しゃべるのに夢中で、疲れも忘れてたよ」

「どうせ小難しい話でしょ。秀才の考えることはわからないわ」

拗《す》ねた顔のクラスメートに、直実が思わせぶりな口調で言う。

「違うよー。恋愛トークだよ。レ、ン、ア、イ」

騒ぎ始める女子たちの前で、直実が「ね、宮ちゃん」とウインクをする。

宮子は一瞬戸惑ったが、直実の口調を真似《まね》て言った。

「そ。恋愛トークしてたの」

女子たちが、急に笑顔になる。

「へー、柏木《かしわぎ》って、そういうの興味ないと思ってた」

「誰が好きなの？　教えてよ」

脳裏《のうり》に、寛太《かんた》の顔が浮かぶ。色黒の肌、鋭い三白眼《さんぱくがん》の吊り目《つめ》、きりりと上がった眉、少し薄い唇。態度はぶっきらぼうだが、世話焼きで、本当はやさしい。

あのムササビは「コイゴコロ」と言っていたけれど、小説に出てくる「恋」とは少し違うような気もする。寛太に対して感じている「特別」は、もっと根本的なものだ。

一方で、寛太に背負われたとき、胸のあたりがキュッとなって心臓が甘やかに高鳴ったのも事実。そういった感情を「好き」と呼ぶのなら――。

「うちの学校の子じゃないんだけど。同い年で、小学生のときに得度《とくど》した行者《ぎょうじゃ》さんなの」

行者という言葉に不思議そうな顔をするクラスメートに、直実が付け加える。

「私も知ってるけど、カッコイイ子なの。怪我《けが》した宮ちゃんのこと、ずーっと背負ってくれたんだよ」

さすがに「取《と》り憑《つ》かれて」の部分はごまかしてくれた。

直実の言葉に、みんなが目の色を変えて騒ぎだす。

「何、その素敵シチュエーション！　いいなぁ」

「あたしも好きな子におんぶされたい！　で、どさくさにまぎれて抱きつきたい！」

歩きながら、みんなが話しかけてくる。

「柏木も私らと同じで、フツーの恋する女の子だったんだ。ちょっと安心した」

「いつも本ばっかり読んでて、今まで近寄りがたかったんだよね」

「そうそう。言葉遣いもなんか、よそよそしいしさ」

避けられていると感じていたのに、むしろ近寄りがたいと思われていたのか。

違う小学校から進学してきた子たちは、宮子の変な噂《うわさ》を知らないか、知っていても男子の悪ふざけと思っていただけみたいだ。

「あ、あの！　……私、恋愛とかおしゃれとか、そういうの疎《うと》いから、その、いろいろ教えてほしいな」

宮子の言葉に、「もちろん！」「まかせといて」「柏木は元がいいから、磨《みが》き甲斐《がい》がありそう」とみんなが口々に言ってくれた。恋やおしゃれの話で盛り上がりながら、霊山を登る。頂上に着くころには、すっかりみんなと打ち解けることができた。

頂上展望台から、連なる青い山々を見渡す。霧が山上を里から隔絶《かくぜつ》する様は、ここが別世界であるかのようだ。

誰もがしゃべるのをやめて、霊峰《れいほう》の揺るぎなさや気高さに、ただただ圧倒された。あの直実でさえも自然と手を合わせている。

山の修行には「擬死再生《ぎしさいせい》」――苦行によって罪を滅ぼし、新たに生まれ変わる意味があるという。宮子は迷いの多い今までの自分を振り返り、これからのことに思いを馳《は》せた。

そして、修行に励む寛太の心が、日々新たに生まれ変わって平安であるようにと祈る。

宮子は心の中で、行者が山での修行中に口にする懸《か》け念仏《ねんぶつ》を唱えた。

――懺悔《さんげ》懺悔《さんげ》、六根《ろっこん》清浄《しょうじょう》。

第三章

玄斎《げんさい》の法話会に参加するようになってから、四カ月が過ぎた。

参加者は徐々に増えて十五人ほど。会は無料だが、みんな何らかの御布施《おふせ》をしていて、近くの人は畑で穫れたキュウリやトマトを持ってきたりする。

今日の受付は寛太《かんた》だった。

「こんにちは。お願いします」

宮子《みやこ》は、お小遣いを貯《た》めて包んだ御布施を、和菓子の詰め合わせに載せて渡した。寛太は甘いものが好きだけれど自分では買えないようなので、こうして差し入れる作戦なのだ。

寛太が合掌《がっしょう》して受け取る。布施はする人の功徳《くどく》になるから、受け取る側は礼を言わない。

「二学期始まったけど、夏休みの宿題は間に合ったの？」

周りに他に人がいなかったので話しかけると、寛太が苦笑いをした。

「ギリギリセーフだった。本、貸してくれてありがとな。あとで返すから終わったら待っててくれるか」

読書感想文の課題図書を貸したのだ。ムササビ事件以来、寛太が少しずつ雑談をしてくれるようになったことが、なんだか嬉《うれ》しい。

「お、天平堂《てんぴょうどう》の羊羹《ようかん》！　寛斎《かんさい》、お前これ好きだろ、よかったな」

後ろを通りかかった兄弟子の仁斎《じんさい》が、寛太の背中をたたく。仁斎は玄斎の一番弟子で、普段は自営業をいとなみ妻子もいる。

「いえ、私は好き嫌いは」

「寛斎、せっかく宮子ちゃんがお前の好きな菓子を選んで買ってきてくれたのに、しょうもない建前《たてまえ》言うなって。あ、宮子ちゃん、前の方の席が空いてるよ」

まさか仁斎に差し入れ作戦を気づかれていたなんて、と頰《ほお》どころか耳まで熱くなる。

宮子は逃げるように中へ入った。仁斎は商売人だからか、修験者《しゅげんじゃ》というより一般人の感覚に近い物言いをする。冗談とはいえ、ときどき困ってしまう。

玄斎の法話と、参加者からの質問や悩み相談に答える対機説法《たいきせっぽう》で一時間、休憩をはさんでから瞑想《めいそう》が約二時間。初心者と希望者は玄斎から直接指導を受け、経験者は各自で歩行禅や坐禅《ざぜん》など、自分の動きを心の中で実況中継して意識する瞑想を行う。

最後に、自分の幸せから広げていって生きとし生けるものの幸せを願う、慈悲《じひ》の瞑想を全員で行って終了だ。

「では、本日の法話会を終わらせていただきます。そうそう、金峯山寺《きんぷせんじ》で秘仏本尊《ひぶつほんぞん》特別ご開帳《かいちょう》が行われておりますのでな、お時間がある方はぜひどうぞ」

全員で協力して片付けをしたあと、誰もいなくなった広間で宮子は寛太を待った。

「待たせたな。これ、サンキュ」

戻ってきた寛太から、貸した本を渡される。あっという間に用事は終わってしまったけれど、もう少し話をしたくて、宮子は話題を探した。

「ねえ、特別ご開帳のとき、金峯山寺に参拝したことある？」

「もちろん。あれは一生に一度はお参りすべきだぞ。圧倒される」

「確かに、写真で見たけどすごく大きいよね」

「大きさもだけど、そういうんじゃないんだ。行けばわかる」

廊下から仁斎がひょいと顔を出して、声をかけてきた。

「寛斎、今日はもういいから、宮子ちゃんを案内してやれよ。老師《ろうし》には俺が言っといてやるからさ」

「え、あの……」

宮子が戸惑っていると、仁斎が寛太に見えないよう親指を立ててウインクをしてきた。ちょっと仁斎さん！　と心の中でツッコミを入れていると、寛太がうろたえながら言った。

「やめてくださいよ。……そういうのは自分で言いますから」

仁斎に急《せ》かされるようにして、寛太が玄斎にお伺いを立てにいき、しばらくして「夕方まで時間をいただいたから」と戻ってきた。

「その……一緒に行くか」

「……うん！」

もしかしてこれってデート？　と思いがけない展開に宮子は胸が高鳴るのを感じた。

二人で門前町を歩き、金峯山寺《きんぷせんじ》へと向かう。

拝観料を納め、靴袋に靴を入れて蔵王堂《ざおうどう》にあがると、休日ということもあり、御本尊前《ごほんぞん》の畳《たたみ》の間には人がいっぱいだった。みんな三体の巨大な権現様《ごんげんさま》に圧倒されている。

鮮やかな青い肌、逆立った髪、吊《つ》り上《あ》がった目、大喝《だいかつ》するように開いた口には牙が見える。だが、忿怒《ふんぬ》の形相なのに怖くはなく、むしろおすがりしたくなるような慈愛を感じるから不思議だ。このお姿は釈迦如来《しやかにょらい》、千手千眼観世音菩薩《せんじゅせんげんかんぜおんぼさつ》、弥勒菩薩《みろくぼさつ》が、衆生《しゅじょう》を救済するためにとったものだと聞いて、なるほどそれで、と宮子は納得した。

尊像は力強い気に満ちあふれていた。

神社やお寺にはよく清々《すがすが》しい気の塊《かたまり》があるけれど、秘仏が持つこの気は「清々しい」どころか滝のように激しくて、弾《はじ》き飛《と》ばされそうなほど力強い。

二人はお賽銭《さいせん》を入れると、空いた場所に座って手を合わせた。

中央の権現像は七メートル、左右の権現像は六メートル前後と大きく、自然と見上げる姿勢になる。その存在感と光り輝くまっすぐな気に、宮子は口を開けて見とれた。

「個別の参拝ブースもあるから、寄っていくか？」

三体の秘仏の前にはそれぞれ、簡易の障子《しょうじ》で区切られた小さなブースがある。制限時間内だけ中に入れてもらうことができ、権現様と一対一で向き合えるのだ。

二人でブースの待機列に並ぶ。休日だから列は長く、権現像の裏側まで続いていた。

「一生に一度はお参りすべきって言ってたの、わかる！　すごいね」

「だろ？　雰囲気をよく覚えておくといいぞ。ちょっと強めの妖《あやかし》に付きまとわれても、権現様の気を思い浮かべたら一発で撃退できる」

途切れ途切れに会話をしているうちに、順番が回ってきた。

「混んでいるので、お連れ様同士は一緒にお願いします」

作務衣《さむえ》を着た係の人に言われて、宮子と寛太は二人で中央のブースに案内された。

やや狭いスペースに、並んで正座する。机上の線香立てに、煙のくゆる短い線香が挿《さ》された。燃え尽きるまでの時間、ここで仏様と向き合えるのだ。

戸が閉められると、高さ一メートルほどの障子で周りと遮断され、ただ目の前の中尊・釈迦如来の権現仏と対峙《たいじ》する。

二人で同時に賽銭《さいせん》を入れて合掌し、青い肌の忿怒尊《ふんぬそん》を見上げた。あまりにも大きな尊像に圧倒されてか、自分が抱えるあれこれなんて小さなことのように思えてくる。

いったん祈り終えて線香の残りを確認したついでに、隣の寛太をちらりと見る。彼は宮子に気を遣ってか、声を出さないように真言《しんごん》を唱えていた。

その厳しい表情に、思わず息を呑《の》む。

年相応の男の子の顔はそこにはなく、彼は修験者《しゅげんじゃ》なのだと改めて感じた。

寛太の姿に触発され、宮子は背筋を正してもう一度権現像を見つめる。すると、背骨を通って全身に、権現様の力強く清浄な気が通り抜けた。

と同時に、身体《からだ》の奥から感情の塊が込み上げてくる。

救われたい。

赦《ゆる》されたい。

抑えきれない感情がこぼれてしまうように、涙が頬《ほお》を伝う。泣くつもりなんてないのに、と宮子はあわてて手で拭った。

泣き顔をうまくごまかそうと思ったのに、驚いたような顔でこちらを見る寛太と目が合ってしまう。やだ、どうしてこのタイミングで、と反射的にうつむき宮子は顔を隠した。

ちょうど線香が燃え尽きたので、二人とも無言で立ち上がり、退出する。

「すごかったね。なんか感動して、涙が出ちゃった」

靴を履いて外に出ると、宮子は照れを隠すようにわざと明るく言った。

「……だよな。手を合わせて向き合っているだけで、なんだか赦されたような気になってくる」

赦された、という寛太の言葉に宮子はふと気づく。

もしかして、さっきの「救われたい、赦されたい」という感情の昂《たか》ぶりは、彼の心の内にあったものなのでは。

また無意識に同調しちゃったのか……。

勝手に心の中を覗《のぞ》いたみたいで居心地悪くなっていると、寛太が言った。

「まだ時間いいか？　少し歩くけど、脳天《のうてん》さんもお参りしよう」

脳天さん、こと龍王院《りゅうおういん》は、蔵王権現《ざおうごんげん》の変化身《へんげしん》である脳天大神《のうてんおおかみ》を祀《まつ》っており、ここから徒歩二十分ほどのところにある。

同調したことに気づいていないようだとホッとして、宮子は「うん」と答えた。

「そうそう、脳天さんまでの道のりは変わったものを見ることが多いから、視界にフィルターをかけておいた方がいいぞ」

歩きながら寛太が言う。宮子が編み出した、視点切替法のことを言っているのだ。

「普段からフィルターはかけてるけど、そんなに変わったものがいるの？」

「神域だから悪いものじゃないけどな」

灯籠《とうろう》の並ぶ道には、まだ葉の青いもみじの木がたくさん植わっている。

そういえば宮子が登校拒否を起こして玄斎《げんさい》の庵《いおり》に通っていたときは、ちょうど紅葉シーズンだった。髪についていたもみじを寛太が取ってくれたことを思い出す。

「ここ、紅葉の季節に来たらきれいだろうね」

青葉にあの日のもみじを重ねながら宮子が言うと、寛太もうなずいた。

「ああ、吉野《よしの》は秋がいちばんお薦めだ」

「え、吉野といえば桜じゃないの？」

吉野山《よしのやま》の桜は「一目千本《ひとめせんぼん》」とも言われ、山全体が薄桃色に染まる幻想的な景色を見に、全国から人が押し寄せるほどだ。

「俺、桜はあんまり好きじゃないから」

階段に差しかかったせいで、会話が中断された。

どこまで続いているのか見えないくらい、長くて急な下り階段が見える。金峯山寺《きんぷせんじ》は人でいっぱいだったのに、ここには誰もいない。

石段を少し下りると石の鳥居があった。苔《こけ》むしていて、黒ずんだ注連縄《しめなわ》がかかっている。

二人同時に一礼して、鳥居をくぐる。

真ん中に手すりがあって上りと下りを分けているため、幅が狭い。先に寛太が下り、宮子が後に続いた。

「桜、好きじゃないんだ。どうして？」

何の気なしに聞いてはみたが、彼は黙っている。宮子が話題を変えようか迷っていると、寛太が足元を見て歩きながらぽつりと言った。

「桜に罪はないんだけどな」

寛太の背中が黒く翳《かげ》ったように見える。視点を切り替えていないのに。

もしかして、寛太が「フィルターをかけておいた方がいい」と言ったのは、変なものを見ないためではなく、彼自身の心の中を宮子に見られたくなかったからかもしれない。

「なにか、あったの?」

宮子が問うと、寛太が立ち止まって振り向いた。

ぶつかりそうになり、あわてて足を止める。彼は確かめるような表情で宮子を見上げると、くるりと背を向けて歩きながら、口を開いた。

「たぶん知ってると思うけど……ちゃんと話したことはなかったな。俺の母親は、空き巣と鉢合わせして殺されたんだ」

ずっと宮子が気にかけつつも訊《き》けなかったことを、寛太は世間話でもするような淡々とした口調で話し始めた。

「事件の日、俺は新しくできた友達と寄り道して、まだ花の残る桜の木に登って遊んでた。で、家に戻ったら……。まっすぐ帰っていれば、もしかしたら犯人はうちの家に入るのは諦めたかもしれないし、母親も死なずにすんだかもしれない。そう考えたら、母親は殺されたのに俺が生きていることが申し訳なくてな」

いつも歳《とし》に似合わないほど冷静で、大人びたことを言っていたのに、母親の死に怒りや悲しみを抱くだけでなく、自分が生きていることにすらわだかまりを持つような一面があったとは。

宮子が背中を見つめる中、寛太がつぶやいた。

「桜を見たら、そんなことを考えてしまうんだ」

ほとんどの人が手放しで美しいと称賛する桜に、そんなつらい意味があったなんて。しかも、何千本もの桜が一斉に咲くこの吉野に住んでいるというのに。

事件は寛太から、あったはずの人生ばかりか、桜を愛《め》でる気持ちすら奪ったのだ。

人の血を吸ったかのように色づく一面の桜と、春が来るたびにその薄紅色の花の群れに苛《さいな》まれる彼の姿を想像するとたまらなくなって、宮子は手すりの反対側に出て狭い階段を駆け下りた。

寛太の前に回り込むと、行く手をふさぐように向かい合う。

「それは違う！」

声を張り上げる宮子に、寛太が目を丸くしてこちらを見下ろす。

「お母さんが亡《な》くなったのは、百パーセント犯人のせい！　あなたは何も悪くないし何の責任もない！　絶対！」

勢いに押されたのか、寛太が「お、おう」とうなずく。

風が谷底から吹き上がり、ポニーテールに結った宮子の長い髪を揺らした。

「お前って、たまに力業《ちからわざ》でねじ伏せるようなこと言うんだよな」

寛太がしみじみとした様子で続ける。

「それだけすごい剣幕で違うって言われたら、妙に説得力があるよ」

落ち着いた声で指摘されると、宮子は感情的になって声を荒らげたことが気恥ずかしくなってきた。内心引かれていたら、どうしよう。

「……なんか、ごめん」

「なんで謝るんだ」

「その、余計なこと言ったかなって」

しゅんとしている宮子に、寛太が苦笑する。

「さっきの勢いはどこへ行ったんだよ。全然余計なことじゃない、むしろありがたかった」

さ、行くぞ、と寛太が宮子の横をすり抜けて階段を下り始める。

一瞬だけ間近で見えた彼の顔が、照れたようなはにかんだような表情だったから、宮子はほっとして後に続いた。

「俺こそ、暗い話をしてすまないな」

「ううん、話すのって考えを整理することにもなるし。私でよければいくらでも聞くよ」

しばらくの間の後、階段を下りながら寛太が語り始めた。

「実はもうすぐ、事件の控訴審《こうそしん》があるんだ。去年の一審では無期懲役《むきちょうえき》の判決が下りている。……事件が起こったのは、俺が小六の四月だった」

二年前の夏に寛太と同調して垣間見《かいまみ》た夢を、宮子は思い出した。首を切られた女性の遺体と、血の海の中で座り込む寛太の姿。

「大阪《おおさか》に小さな家を買って、家族で引っ越した直後だったんだ。犯人は金や境遇に屈折《くっせつ》を抱えた奴《やつ》で、家を買うくらい裕福なんだからと現金だけ盗《と》るつもりで空き巣に入ったらしい。そこに、運悪く母が帰ってきてしまった」

事件や裁判のニュースを見たから、宮子も少しは知っている。

犯人は当時二十一歳の無職男性、小西史生《こにしふみお》。関西では名門と言われる私立大学に通っていたが、父親の勤め先が倒産して経済力をなくしてしまった。それでもどうにか在学し続けようとバイトを掛け持ちしたが体を壊し、中退を余儀《よぎ》なくされる。

大学の就職支援もなく右も左もわからない中、小西は手探りで職探しをして仕事に就いた。しかし、印刷工場の紙積みの仕事で腰を痛めて退職、あっという間に生活費にも困るようになった。学費の件で大喧嘩《おおげんか》したため実家は頼りたくない。

こんなはずじゃなかった、世の中は不公平だ、と彼が社会を呪っていたとき、新築一戸建ての家から専業主婦と思《おぼ》しき女性が出てきた。すぐ戻るつもりなのか施錠《せじょう》していない。

その女性が、訪問宅で呼び止められて扉の中へ入っていくのを目撃して、つい魔が差した。この隙に財布だけでも拝借しようと空き巣に入った、と小西は供述《きょうじゅつ》した。

「母は、台所に潜んでいた犯人を見つけてしまった。あいつは、流しの水切りにあった包丁で母を脅して、揉み合ううちに……」

包丁を構えた小西は、「動くな」と言ったそうだ。寛太の母が立ちすくんだ隙に逃げるつもりだった。それなのに叫びながら体当たりしてきたので揉み合いになり、誤って刃が頸動脈《けいどうみゃく》を切った。これは傷害致死《しょうがいちし》であり強盗殺人ではない、とは犯人の主張だ。

「俺の家、全然裕福なんかじゃなかったよ。引っ越したばかりだからあの日は家にいたけど、母親も働きに出る予定だったし、ローンだってまだ残ってる。殺されていい理由なんか一つもない。それなのに裁判の後、なぜか犯人に同情する声がたくさんあがった」

普段通りの口調にもかかわらず、寛太の押し殺した声には怒りがにじみ出ていた。

去年の裁判のニュースは宮子も覚えている。

一審は、強盗殺人罪で無期懲役刑が下った。「若さゆえの身勝手さはあるが、謝罪の手紙を書くなど反省の気持ちを持っており、生涯《しょうがい》をかけて償《つぐな》わせるのが相当」とされた。

メディアは犯人の境遇に同情的だった。端正な顔立ちの若い男性だったことも影響したのだろう。彼らは、順調に人生を送るはずだった若者が社会情勢のために転落せざるを得なくなったと、小西のことを「時代の犠牲者《ぎせいしゃ》」のように伝えた。

「たった一通の謝罪の手紙で、反省の気持ちとか言われてもな。犯人に同情してる奴らは、被害者やその家族のことなんて目にも入ってないんだろう。人ひとり死んでるのに」

世間の声が、ただでさえ傷ついた寛太の心を押しつぶしている。そのどうしようもなさに、宮子は唇を嚙《か》んだ。

表情がわからない寛太の背中の動きを見逃さないよう、宮子は黙って続く言葉を待った。下り階段はまだ続いていて、目的地が見えない。

「被害者はこっちなのに、控訴《こうそ》はあっち側もしてるんだ。一人しか殺してないのに無期懲役は厳しすぎるとか、ふざけてるだろ。……親父《おやじ》は、犯人が死刑になることを望んでる」

立ち止まった寛太が振り返る。吊《つ》り目の三白眼《さんぱくがん》と目が合った。

「もしお前が俺の立場だったら、どう思う？　死刑を望むか？」

心の準備ができていなかった。

問題があまりにも大きすぎて、きちんと言葉に落とし込んで考えていなかったことを後悔する。けれどもめったに自分のことを話さない彼が、こんなにも率直に胸の内を明かしてくれているのだ。宮子も真剣に考えて答えなくてはいけない。

もし、血まみれの床に首を切られて横たわるのが、自分の母だったら……。

その光景を想像しただけで、心臓が握りつぶされたみたいに苦しくなる。

それでも全然足りない。彼が味わった絶望はこんなものではない。どんな重い罰をもってしても償わせることなんてできない――。

寛太が目をそらすことなく答えを待っている。宮子は慎重に口を開いた。

「やっぱり……犯人を赦《ゆる》せないよ。奪われたものが大きすぎて、取り返しがつかなさすぎて、どんな代償でも納得できない。だから私も、望み得る限りの重い刑を——死刑を望むと思う」

最後の方は声が震えてしまった。

これが今の自分の正直な気持ちだ、と宮子はまっすぐに寛太を見つめ返す。

「でも、怒りにかられて他人の死を願うと、心が濁《にご》るぞ」

寛太が試すように訊《き》いてくる。今日玄斎がした法話のことを言っているのだろう。

善人として評判の女主人がいた。その使用人も利口でよく働いた。あるとき使用人が「うちの主人は本当にいい人なのか、環境がそうさせているのか、試してみよう」と思い立ち、わざと遅刻を繰り返す。女主人は怒って使用人を棒で打ち、そのことが知れ渡って彼女は評判を失った。

よい環境にいるときだけではなく、いかなるときでも怒りの心を持たないことが肝心である。心が濁ると行いが汚れ、行いが汚れると苦しみから逃れられなくなるから、と。

犯人に死刑を望むのは、怒りの心だ。それは自らを蝕《むしば》み、よくない行動を引き起こす。

小学生のころの寛太が、自分で自分の腕を切りつけたり、「殺してやる」と叫びながら刃物を持って犯人の元へ行こうとしたように。

それでも、と宮子は自分の身に置き換えて考える。

自分の親を殺した相手に「怒りの心を持つな」というのは無理だ。少なくとも今の自分には。せめてその先の「行いを汚すな」という教えを守るのが精一杯だろう。

「……怒りの心を持っちゃいけないって思っても、心に蓋《ふた》はできないと思う。少しずつ心を育てて、怒りを鎮《しず》めることができたときに初めて、赦せたと思えるんじゃないかな」

仏典の教えからは外れた考えなのだろうな、と思いながらも宮子は続ける。

「だから、今はまだ、赦さなくてもいいと思う」

宮子の答えに、寛太がふっと表情をゆるめた。

「今はまだ、か。なるほど」

ホッとしたような声で言うと、彼は背を向けて階段を下り始めた。

「でも、いずれはちゃんと怒りの心を鎮めなきゃ……俺はまだまだだな」

ということは、寛太は犯人に対する憎しみを手放す方向で努力しているのだ。

「赦さなくてもいいと思う」なんて言ったくせに、それを聞いて宮子は安堵《あんど》する。犯人を赦せないあまりに彼がよくない行動を取ってしまうのではと、どこか心配だったから。

昔、同調して見た夢の中で、彼は「殺してやる！」と何度も叫んでいた。

あれから二年。寛太は毎日瞑想《めいそう》し、経典を学び、作務《さむ》もこなしている。瞑想だけでも毎日続けるのが難しい宮子には、それがどんなに大変なことかよくわかる。

前を行く寛太の背中が凛々《りり》しくて健気《けなげ》で、なんだか泣きそうになった。

長い階段をようやく下り終える。

建物のそばを澄んだ川が流れていて、せせらぎが心地いい。疲れや迷いが洗われていくみたいだ。

赤い欄干《らんかん》の小さな橋を渡ると、龍王院《りゅうおういん》に着いた。頭を割られた蛇をお祀《まつ》りしたのが始まりだからか、倶利伽羅《くりから》龍王《りゅうおう》の像が奥に見える。

狛犬《こまいぬ》に迎えられて、引き戸が開け放たれた建物に入る。大神様がお祀《まつ》りされているところは神社のような白木造りで、注連縄《しめなわ》や榊《さかき》はもちろん、中央に大きな鏡があった。けれどもその前には護摩壇《ごまだん》があり、神道《しんとう》と仏教が混在している。

柱に御真言《ごしんごん》が書かれているからひとまず仏式で、宮子は賽銭《さいせん》を投じて手を合わせた。

普段は寺院や神社では感謝を伝えるのみで願いごとをしない宮子だけれど、今日ばかりは寛太に加護があるよう祈らずにはいられなかった。

――どうか彼の心が平安でありますように。怒りや憎しみを完全に手放せますように。

祈り終えて顔をあげると、鏡に自分と寛太の姿が映っている。

神社に置かれている鏡は、日神である天照大御神《あまてらすおおみかみ》を表すと同時に、鏡に映る自分自身と向き合う役目もあるという。

寛太の姿が曇りなく映っていることが御神意のように感じられて、宮子はほっとした。

きっと自分の祈りが届いたのだ。これなら大丈夫。彼は大丈夫。

鏡の中の寛太が、宮子の方を向いた。宮子は鏡から視線を移して本物の彼に向き直る。目が合うと、どちらからともなく微笑《ほほえ》んだ。

大神様に一礼して、その横にあるお百度石《ひやくどいし》や祖師堂《そしどう》を、並んで見て回る。

寛太は打ち明け話をして心の垣根が取れたのか、「ここに来ると落ち着くんだよな、そのまま受け入れてもらえるというか」と機嫌が良さそうだ。

「あ、蛙《かえる》の石像！　しかもちゃんと阿吽《あうん》になってる。ねえ、どうして祖師堂のは狛犬じゃなくて狛蛙《こまがえる》なの？」

宮子もつられて、いつになくはしゃいでしまう。

「蓮華会《れんげえ》——蛙飛び行事から来てるんじゃないかな」

「あ、そうか。あれ金峯山寺の行事だったね。蛙の着ぐるみ着た人がぴょんぴょん跳ねて、最後は懺悔《さんげ》して、お坊さんの法力で人間の姿に戻してもらうやつでしょ」

平安時代、神仏を侮《あなど》った男が大鷲《おおわし》にさらわれて断崖絶壁の上に置き去りにされたが、金峯山寺の僧侶が反省した男を蛙の姿に変えて助け出し、さらに蔵王権現《ざおうごんげん》の前で元の姿に戻した、という伝説にちなんだ行事だ。

「ああ。金峯山寺は節分会も『福は内、鬼も内』で、全国から追い払われた鬼を迎え入れて改心させるからな。懐《ふところ》が深いんだ」

「修験道《しゅげんどう》って、なんかいいね。自然と共存というより、自然から学ぶって感じが」

「そうそう。自然と一体になって自我がなくなる感じがいいんだよな。……そうだ、お前も滝行をしてみるか？　そこに行場《ぎょうば》があるぞ」

寛太が、川の下流にある建物を指さす。どうやら中にお滝があるらしく、手前に脱衣所のようなものも見える。

「え、いやそれは……」

宮子が戸惑っていると、寛太が愉快そうに笑う。

「冗談だって。いきなり滝に打たれるのはきついだろ」

もう、と宮子がふくれてみせると、寛太が笑いながら続ける。

「でも、ここは女性が滝行をできるように開かれたお瀧場《たきば》だからな。機会があればやってみるといい」

「お滝かぁ。いつかチャレンジしてみるよ。その前に髪を切らないとね」

宮子が自分の毛先をつかんで何の気なしに言うと、意外にも寛太が戸惑っている。

「え？　なんでだよ。切らなくてもいいだろ？」

「濡《ぬ》れたら風邪ひいちゃいそうだし、乾かすのに時間かかるから切っとこうかなって」

「だからって何年も大事に伸ばしてきたものを、そんな簡単に」

別に大事に伸ばしてきたわけじゃないんだけどな、と宮子は試しに言ってみる。

「ずっと長髪だから一度切ってみたかったんだ。剃髪《ていはつ》とまではいかないけどサッパリしそうだし。……ショートは似合わないかな？」

寛太は目をそらし気味にして、「長い方がいい」とぼそりと言った後、急に付け加えた。

「いや、似合わないって意味じゃなくて、俺は剃髪してるから長髪に憧れがあるというか、きれいな髪なのにもったいないというか」

寛太から「きれい」なんて褒め言葉を聞くとは思わなかった。

「せっかく褒めてもらったから、当分は伸ばそうかな」

面白がって宮子が言うと、照れをごまかすように寛太が腕時計に目をやった。

「あ、そろそろ出発しないと。最終のロープウェイに乗り遅れたら大変だぞ」

龍王院を後にして、急いで階段をのぼる。

弾んだ気持ちのまま、調子に乗って駆け上がっていたけれど、運動が苦手な宮子は早くも息切れしてきた。段差が急だから、足をあげるだけでも体力を使う。

膝を押すようにして寛太の後に続いていると、ふと声をかけられた気がした。

え？　と思って宮子が足元を見ると、小さな蛇がいる。

「きゃっ」

驚いて飛《と》び退《の》いたはいいが、石段を踏み外してしまった。あわてて手すりをつかもうとするけれど、届かずに宙を掻く。

「危ない！」

寛太に手をつかまれ、ぐいと引き寄せられる。後ろ向きに倒れかけていた体をなんとか立て直した。

「ありがとう……」

跳ね上がった心臓をなだめながら、宮子は足元を見回して先ほどの蛇を捜す。

「さっきのは生身の蛇じゃないぞ。三輪山《みわやま》の巳《み》さんの気をまとう人間が来たから、このあたりの精霊が見に来たんだろう」

宮子は三輪山の麓《ふもと》に住んでいるが、あそこも蛇に関わりの深い場所で、大和国一之宮《やまとのくにいちのみや》にお祀《まつ》りされている大物主大神《おおものぬしのおおかみ》の化身は白蛇だ。

「見えないよう、フィルターはかけてたのに」

「脳天《のうてん》さんにお参りしたから、波長が合ったのかもな」

そう言われて宮子は、何かが蠢《うごめ》いている気配を感じ取った。それもたくさん。

寛太が「フィルターをかけておいた方がいい」と言ったのは、このことだったのか。

「……もしかして、周りは蛇がいっぱいだったりする？」

「まあ、悪いものじゃないから気にするな」

ということは、いるんだ、蛇。それもうじゃうじゃと。

宮子の背中を冷や汗が流れる。一匹ならともかく、大量の蛇を見て平気でいられる自信なんてない。宮子は目の焦点をぼやけさせ、視線をさまよわせた。

「おいおい、それじゃまた踏み外すぞ」

「だって」

「しょうがないな」

寛太が左手を差し出す。宮子が戸惑っていると「見えなくしてやるから」と催促するように左手をまた出された。

その手のひらに、宮子はそっと自分の右手を重ねる。包み込むように手を握られた。とたんに、さっきとは違う意味で心臓がトクンと高鳴った。

つないだところから、お互いの体温が混ざり合う。あたたかくて、頼もしくて、嬉《うれ》しい。

「ほら、これなら見えないだろ」

そう言われて、視界がきれいになっていることに気づく。霊的なものが見えないだけではなく、木々の緑や幟《のぼり》の白地など、色彩が鮮やかになっているのだ。

「うん。……ありがと」

ゆっくりと階段をのぼり始める。

段差が急なので、手をつないだままだとあまり離れられない。身を寄せるようにそばにいると、心臓の鼓動が彼にも聞こえてしまいそうで、恥ずかしくなる。

寛太の方はどうなのだろうと盗み見ると、心なしかいつもの落ち着きがない。

以前、ムササビに《よかったな、リョウオモイだ》と言われたことが脳裏をよぎる。

髪を褒めてくれたし少しは脈があるのかな、と宮子は寛太の横顔を探るように見つめた。

「……どうした」

視線に気づいたのか、寛太がこちらを見る。

「何でもない、見てただけ」

いたずらっぽく言って、宮子はつないだ手に少し力を入れた。「何だよそれ」とつぶやいて、寛太が目をそらす。

「あー、そうだ。お前は龍とか蛇に縁があるから、怖がるのは失礼なんだぞ」

いつもより高い声で、寛太が言う。

「はーい」

「いや、真面目な話」

寛太の方も照れがあるのだとわかると、逆に宮子は余裕が出てきた。

四百五十段の長い長い階段を、二人は手をつないだままのぼっていく。彼の手が、自分の一部みたいに自然に馴染《なじ》んでいる。

ようやく終わりが見えてきた。

踊り場のようになった脇に、休憩所がある。そこに人がいたこともあって、寛太がそっと手を離した。手のひらに触れる空気に、なんだか寂しさを感じてしまう。

「あともう少しだ」

寛太がそのまま石段をあがる。宮子も続こうとすると、声が聞こえた。

『あの者は、あやういな』

落ち着いた男性の声だ。聞こえた方を振り向く。休憩所にいる二人連れに声をかけられたのかと思ったが、両方とも女性だから違うようだ。

その手前に、大師《だいし》の石像が二体ある。お顔を見るに「入って」いらっしゃるようだ。

奥側の大師像の前に立ち、視線を合わせてみる。やはり、石像なのに表情がかすかに動いている。

「あやうい、とは、どういうことでしょう」

宮子が問いかけると、石像がわずかに口を開いた。

「おーい、急がないと乗り遅れるぞ！」

階段から寛太の声が飛んでくる。

反射的に彼の方を見てから大師像に向き直ると、もうただの石像に戻ってしまっていた。

続きを聞き出すことを諦め、宮子は寛太の後を追う。

あの者とは、寛太のことだろうか。他の可能性も考えてはみるけれど、「あやうい」という言葉にいちばん心当たりがあるのは、寛太だ。

ううん、と宮子は首を振る。

龍王院で手を合わせたとき、神鏡《しんきょう》に映った寛太に曇りはなかった。それに、何か「あやうさ」があるのなら、手をつないだときにわかるはずだ。

それでもさっき「今はまだ、赦《ゆる》さなくてもいいと思う」と言ってしまったことが、気にかかる。あの一言で、彼が犯人への憎しみを抑えるのをやめてしまったら。

階段をのぼり終え、ようやく平坦《へいたん》な道に出る。先ほどの『あの者はあやうい』という言葉を拭《ぬぐ》い去《さ》ろうとするかのように、宮子は寛太の隣に並んで話しかけた。

「今日はありがとね、案内してくれて。……実は、蔵王堂《ざおうどう》で祈ってる姿を横で見てたんだけど、ああ、修験者《しゅげんじゃ》の顔だなって思ったよ」

寛太が照れたように「見るなよ」と笑う。

「小学生のころから玄斎様に弟子入りして修行をしてる、立派な修験者だもんね」

そう、寛太は毎日厳しい修行を積んで、怒りや憎しみを乗り越えようとしているすごい人なのだ。だから、大丈夫。

「怒りの悪循環を絶って慈悲の心を持とうと努力するだけでも、なかなかできることじゃないって、今日話してて思ったの。ほんと尊敬する」

寛太が戸惑ったように「何だよ、急に」とつぶやく。

「いや、よくよく考えたらすごいなぁって。私だったら無理だもん」

一瞬、寛太の顔が曇った気がしたが、風に揺れるもみじの葉の影だろう。

「応援してるから！　修行の成果が出て、苦しみから逃れられるように」

極力明るい声で、宮子は言った。

もちろん、嘘偽《うそいつわ》りでも大げさでもなく、すべて本心から出た言葉だ。

けれども、寛太はそれに対して何も言わず、腕時計を確かめるとこちらを見ずに歩調を速めた。

「走ればロープウェイの時間に間に合うぞ」

寛太が駆け出す。宮子もあわてて後に続いたが、まったく追いつけない。

何度も立ち止まりながらようやくロープウェイの駅に着くと、寛太が切符を買って待ってくれていた。発車時間ギリギリだ。

「ほら、切符。おごりだ」

「ありがと。あの」

「時間だ、早く乗れ」

それ以上話ができず、宮子は改札を通って階段を下り、ロープウェイに乗り込んだ。

係員がドアを施錠《せじょう》する。発車ベルが鳴り、ガクンと車体が揺れて、ロープウェイが下り始めた。

改札あたりに寛太がいるのが見える。宮子は窓越しに大きく手を振った。当然向こうも振り返してくれるものと思ったのに、微動だにしない。

一瞬見えた彼の表情は、とても険しかった。

――どうして？

寛太の姿が急速に遠ざかり、あっという間に見えなくなってしまった。

二週間後、寛太《かんた》の母親が殺された事件の控訴審《こうそしん》が行われた。

判決は、一審の量刑を支持し控訴《こうそ》を棄却《ききやく》。つまり無期懲役《むきちようえき》だった。双方上告しなかったため刑が確定し、死刑を求めていた原告側、寛太の父の願いは永遠に潰《つい》えた。

夜のニュースで、寛太の姿を見た。

彼は山伏装束《やまぶししようぞく》で裁判を傍聴《ぼうちよう》し、その姿のまま父親と共にマスコミの前に現れた。鈴懸衣《すずかけごろも》に梵天《ぼんてん》のついた結袈裟《ゆいげさ》をかけた少年は、群衆の中で異様に目立っていた。法廷内は無帽のため頭襟《ときん》はしていなかったが、逆に剃《そ》り上《あ》げた頭が強調されることになった。

寛太の父が、差し出されたマイクに向かって声を荒らげる。

「たった一通の『謝罪の手紙』や、裁判前に髪を刈り上げたくらいで『反省の気持ちが見られる』と言われるのが悔しい。妻を殺《あや》めたのがどれほど重大なことか、本当にわかっているのか」

シャッターを切る音が響く。

「妻が味わった恐怖や痛み、送るはずだった人生、私たち家族の苦しみ。そういったものの重さが認められず、とても残念です」

そう言って、寛太の父は目頭を手で覆った。カメラのフラッシュが、その姿を無遠慮に青白く照らす。今度は寛太にマイクが向けられる。

彼は険しい表情を崩さず、ただ合掌し一礼した。

世間の人々は、寛太の姿にわかりやすい物語を投影した。

「母の菩提《ぼだい》を弔《とむら》うために出家した悲劇の少年」の姿は「かわいそう」「立派だ」と同情を集め、マスコミの論調は被害者側に傾いた。一審のときは「時代の犠牲者《ぎせいしゃ》」と犯人をかばう発言をしていたワイドショーのコメンテーターも、「母親を殺され、父親の元を離れて厳しい修行の道に入った苦悩は察するに余りあります。未来ある少年の人生を狂わせるような事件は、二度とあってはならないですよ」と熱弁していた。

「かわいそう」な物語として寛太が世間に消費されてしまうことが、宮子には耐えられなかった。みんな軽々しく同情しているけれど、数日もすれば忘れてしまうくせに。彼は単なるコンテンツじゃない。この先も母親の死を抱えて、生きていかなければならないのだ。

生身の人間である彼を、なんとか支えたい。

少しでも彼の力になりたい。その一心で、宮子は裁判後初めての法話会に出かけた。

判決から二週間、どうしているのか心配で、とにかく彼の姿を確認したかった。

けれども、いつもいるはずの受付に、寛太の姿はなかった。

代わりに一番弟子の仁斎《じんさい》が、小学二年生の娘と一緒に座っている。結婚して家庭を持っている彼は、ときどき子どもも一緒に参加させているのだ。

あいさつを交わし御布施《おふせ》を渡すと、仁斎が合掌して受け取る。宮子はあたりを見回して寛太を捜したが、参加者がまばらに座っているだけだった。

「寛斎《かんさい》は、老師《ろうし》と一緒に奥にいるよ」

仁斎が声をかけてくる。

「そうですか。姿が見えないから、体調でも崩したのかと思って」

仁斎の顔が、一瞬曇った気がした。

「何か、あったんですか？」

心労が溜《た》まりすぎて、本当に病気になってしまったのだろうか。宮子が訊《たず》ねると、言《い》い淀《よど》んでいた仁斎が声を落とした。

「健康面は問題ないよ。けど、後で老師からお話があるんだ。……宮子ちゃんは、寛斎と親しかったよね。修行をする者にとって、立派なことだとは思うんだけど」

仁斎は、普段はよくしゃべるし表情豊《ゆた》かな人だ。それなのに、今日はつとめて無表情なことが、不安を掻《か》き立《た》てる。

仕方なく座敷《ざしき》にあがり、中ほどの空いている場所に座った。

しばらくすると襖《ふすま》が開き、玄斎が入ってきた。後ろから、水差しとコップをお盆に載せて、寛太もついてくる。その姿を見たとたん、宮子は無意識に止めていた息を大きく吐き出した。よかった、少し痩《や》せたようだけれど、とりあえずは無事だった。

「肌寒くなってきましたが、みなさんお変わりありませんかな」

にこやかに語りかける玄斎に、参加者が頭を下げたり合掌したりして応える。

「法話の前に、今日はひとつ、お願いがありましてな」

玄斎が、会場をゆっくりと見回す。

「内弟子の寛斎は、みなさんにもお馴染《なじ》みでしょう。まだ中学生ですが、懸命に修行をしております」

ちらりと寛太の方を向いてから、玄斎が続ける。

「このほど、より厳しい戒《かい》を自らに課し、己《おのれ》を律《りつ》したいと、寛斎本人から希望がありました。これは修行者として尊《とうと》いことなので、みなさんにもご協力いただきたい」

よくない話だ、と直感した。心臓の鼓動が速くなって手に汗がにじむ。

宮子は寛太の方を盗み見た。背筋を伸ばし、やや伏し目がちに座っている。再び玄斎の方へ向き直ると、なぜだか視線が合った。

一拍の間の後、凛《りん》とした声が響き渡る。

「寛斎は、これより女人《にょにん》との身体接触を一切断ち、清僧《せいそう》となる」

目の前が真っ白になった。

息がうまく吸えなくて、意識が遠のきかける。胸が張り裂けそうに痛い。

「誤解しないでいただきたいんじゃが、女性だから触れてはいけない、という意味ではなく、男である寛斎にとって異性なのが問題でしてな。本来仏教国では、比丘《びく》は異性に触れてはならんことになっております」

玄斎の声が、遠く感じる。

会話は今まで通りで構わないが、女性はあまり近くに寄らないよう、物を渡すときは、いったん机の上などに置いて一歩下がるように、と注意事項が言い渡された。

指先がほんの少し触れることさえ許されない。しかも、この先ずっと。

龍王院《りゅうおういん》からの長い階段を、ずっと手をつないでのぼったことを宮子は思い出す。

彼の手のぬくもりが馴染《なじ》んで体温が溶け合って、そのままつながったみたいだった。言葉を交わさなくても、肌が触れるその確かな感覚だけで、わかり合えた気持ちになれた。すごく嬉《うれ》しくて、幸せだった。

それなのに、もう二度と、触れることはできないなんて——。

「これまで、みなさんには寛斎と親しく接してもらい、ありがたく思うております。これからもどうかよろしくお願いいたします」

玄斎の後ろで寛太が頭を下げる。

指先が震える。みんなが礼を返しているのに、体が動かない。

姿勢を正した寛太の表情は、余計なものを削《そ》ぎ落《お》としたかのように凜としているのに、どこか苦しそうに見える。

玄斎の法話が始まった。煩悩《ぼんのう》の根本《こんぽん》となるのは無明《むみょう》と愛欲であるという話だ。集中して聞こうとしても、すぐに心がどこか別のところへ行ってしまう。

「愛欲」というのは、生への執着をはじめとする激しい欲望のことだが、その単語の響きは、寛太への気持ちが煩悩《ぼんのう》であり、よくない感情だと諫《いさ》められているようで、胸が締めつけられた。

宮子の斜め前に、兄弟子の仁斎と娘が座っているのが見える。彼は妻帯して子どもまでいる。日本の僧侶の大半はそうだ。清僧など目指さなくてもいいのに、なぜ。

続いて、参加者からの質問に答える対機説法《たいきせっぽう》が始まった。

「引きこもりの娘にどう接したらいいか」という問いに、経典の話を絡《から》めて玄斎が諭す。火宅《かたく》のたとえ話がどこかきれいごとのように聞こえて、宮子は胸の内で叫ぶ。

——心の中が火事なんです！　もう逃げ場すらないくらいに！

法話が終わり、瞑想会《めいそうかい》まで二十分の休憩となった。寛太は人を避けるかのように、廊下の奥へ引っ込んでいく。

広間にいると泣いてしまいそうで、宮子は庭へ出た。

黄色く色づいたもみじに近寄り、枝を撫《な》でる。そういえば寛太はあの日、吉野《よしの》は紅葉の季節がお薦めだと言っていた。初めて二人きりで出かけた記念すべき日だったのに、どこで間違えてしまったのだろう。考えると、涙がにじんでくる。

「きれいだろう。もう少しで紅葉する」

後ろから寛太の声がした。宮子はあわてて涙を止め、表情をつくろって振り向く。

三メートルほど離れたところに、寛太が立っている。もうそれ以上は近づけない距離だ。

言葉が見つからないまま、寛太を見つめる。彼もまた、何も言ってくれない。

「清僧……」

口をついて、その単語が出た。ん、と寛太が問いかけるように、こちらを見る。

「清僧を目指すって、……いきなりで、びっくりした」

「ああ。自分を律する意味でも、枷《かせ》をつけようと思ってな。もう二年以上修行しているのに、俺はまだまだだから」

冷たい秋風が心まで冷やす。彼は作務衣《さむえ》のまま上着も着ないで、寒くないのだろうか。

「期限とかは、あるの？」

「いや、特に設けていない。強いて言うなら、自分が目指す到達点に行けるまで、かな」

それがどういうことなのか、訊《たず》ねたくても聞き出せない。聞いてしまったら、生涯誰とも想《おも》いを通わせることをせず「犀《さい》の角《つの》のようにただ独《ひと》り歩む」と最後通告を突きつけられる気がした。

――清僧なんかにならなくても、日本の僧はほとんど結婚するし、恋愛も自由じゃない。どうしてそこまで自分を追い込まなきゃいけないの？

心の中の叫びは、決して口には出せない。修行なのだと言われれば、成道《じょうどう》を願って応援するしかないのだから。

「そっか。……がんばってね。ご加護がありますよう」

宮子は合掌し一礼した。寛太も同じ仕草を返す。

「お前も、神主になるんじゃないのか？　そろそろ進路を考えておく時期だろう」

そう言われて、宮子は真剣に将来を考えていなかったことに気づいた。父の跡を継ぐなら、神道学科《しんとうがっか》のある大学へ進むことになる。四年以内に心を決めなくてはいけない。

「あんまり考えてなかった。お父さん、何も言わないし。……高校はどうするの？」

「親父《おやじ》が高校までは出ろって言うから、いちばん近い吉野の高校を受ける。お前は？」

宮子が「香具山《かぐやま》高校」と答えると、寛太がからかうように言った。

「なんだ、優等生ヅラしてると思ったら、本当に優等生だったのか」

自分では気づかないうちに不快な思いをさせていたのかと、宮子はあわてて訊《たず》ねた。

「私、優等生ヅラしてる？　どんなとこが？　直すから教えて」

誰も責めてないだろ、と寛太が苦笑する。

「相変わらず生真面目だな。そういうところが優等生なんだって。なんていうか、余計な圧力がかからず、まっすぐ育ったんだなって思う。でも、それが心配でもある」

寛太が一歩だけ近づく。

「春に、理屈っぽそうな学者親子を連れて来ただろ。ああいう友達だと、意見の違いも多いだろう。お前のことだから、自分が間違えてるんじゃないかって悩んだり、自分の意見を言うことに臆病《おくびょう》になったりしてないか」

図星だ。どうしてわかるのだろう。宮子が小さくうなずくと、寛太が続けた。

「違うってのは、悪いことでも恥じることでもない。『私にとって、八百万《やおよろず》の神々の存在なしには、自分自身もこの世界も成り立たないんだ』って、胸を張って言えばいい」

彼の言葉が全身に沁《し》み入《い》っていく。

そのままでいいんだと背中を押してくれる人だからこそ、どうしようもなく惹《ひ》かれるのだ。宮子にとっては最大の理解者であり、尊敬する人であり、そして——。

「それと、また変なのに取《と》り憑《つ》かれないよう気をつけろよ。もう、何かあっても背負ってやれないからな」

寛太がまっすぐにこちらを見る。射るような視線ではなく、穏やかに包み込む目だ。

——やっぱり私、寛太君のことが、好き。

胸の奥から込み上げてくる感情が漏れ出てしまわないよう、ぐっと抑えつける。

目の前の景色が涙でぼやけた。宮子は笑顔を作ってごまかす。

「大丈夫よ。自分でなんとかするから」

口が渇いてうまく声が出ない中を、絞り出すように言った。

「何か私にできること、あるかな。一人で抱え込まずに、頼ってほしいの」

寛太が小さく笑う。

「裁判のこと、心配してくれてるのか。……正直言うとな、少しだけ、ほっとしたんだ。前はただ犯人が憎くて、包丁持って家を飛び出したり、カッター持って留置所付近をうろついたりしたんだがな」

自嘲《じちよう》気味《ぎみ》な笑みを浮かべ、寛太が続ける。

「物理的に殺せない上に法律も罰してくれないなら、別の方法で、と思ったこともある。……あ、これは誰にも言うなよ」

宮子はうなずいた。以前言っていた調伏法《ちようぶくほう》、つまり呪殺《じゆさつ》のことだ。

「直前まで、犯人が死刑になることを望んでいた。不殺生戒《ふせつしようかい》との間で何度も揺れたけど、やっぱり、な。それなのに、無期懲役《むきちようえき》の判決を聴いて、心のどこかで安心したんだ。人が死ぬことを喜ばなくてすむって」

寛太が眉根を寄せて、視線を落とす。

「正直、自分でも戸惑ったよ。ずっとあいつを恨んでいた。頭の中で何度も何度も母親の敵討《かたきう》ちをしてたんだ。それを修行して、心を波立たせないように努力した。……赦《ゆる》すって感情なら、まだわかる。でも、ほっとするって何なんだって」

「それは、修行の成果で、犯人の命すら等しく尊重する気持ちが芽生えたんじゃ」

寛太が首を横に振った。

「いや、犯人のことはいまだに赦せていない。ただ単に俺が、自分の心の負担が少ない方へ逃げただけさ。修行の成果でも何でもない。だから、もう一段階きつい修行をするために、清僧になるんだ。……ほら、お前も言ってただろう。慈悲の心を持つ修行をし続けるなんて、すごいって」

先月、龍王院《りゅうおういん》にお参りしたときに交わした会話のことだ。あのとき宮子は、寛太が『あやうい』と認めたくなくて、大丈夫なのだと信じたくて、あえて褒めそやした。別れ際《わかぎわ》、寛太は険しい顔をしていた。それまではとてもいい雰囲気だったのに。


——もしかして。


宮子の言葉こそが、寛太を追い詰めてしまったのではないだろうか。

母親を殺された怒りや憎しみは、二年やそこらで昇華《しょうか》できるものではない。それを「なかなかできることじゃない」「修行してえらい、尊敬する」などと軽々しく言ってしまった。

これでは暗に「慈悲の心を持たなければならない。持てないとしたら修行の怠慢《たいまん》だ」と告げているようなものだ。

しかも「応援してる」なんて声をかけて。そんな他人事《ひとごと》みたいな声援は、「一人でがんばってね、頼られても何もできないけど」と言っているのに等しい。

血の気が引いて足がすくみ、くずおれそうになる。

彼が清僧を目指したのは、己の軽はずみな言葉が原因だったのだ。

「そろそろ瞑想会が始まる時間だ。戻るぞ」

寛太の言葉で我に返る。

去っていくまっすぐな背中を、宮子は目で追うことしかできない。

なんて取り返しのつかないことをしてしまったの――。

瞑想会に参加したものの、まったく集中できず後悔だけが頭の中を駆け巡る。

あのとき「お前が俺の立場だったら、どう思う？」と問われて、宮子は「死刑を望む」と答えた。「今はまだ、赦さなくてもいいと思う」とも。

彼のほっとした表情を思い出す。きっと、怒りや憎しみを捨てきれない自分を否定せずに受け入れてもらえた、と安堵《あんど》したはずだ。

そして、あの問いをすること自体が、自分の抱えているものを少しでも一緒に背負ってほしいという、寛太からのシグナルではなかったのか。

——そんな大事なメッセージを、見過ごしてしまうなんて！

自責の念に押しつぶされそうになりながら、宮子は終了までの時間を過ごした。

みんなで後片付けをする。いつもは座具を布団袋《ふとんぶくろ》に詰める役だった寛太は、女性との接触を避けるためか、早々に広間を出て戻ってこなかった。

あいさつをして帰ろうとすると、玄斎に呼び止められた。

「宮子君、ちょっと」

玄斎が座敷《ざしき》の隅に座る。促されて、宮子も向かいに正座した。

「寛斎のこと、宮子君には酷じゃったかのう」

心の中を見抜かれたことがつらく、宮子は小さく首を振って言いつくろった。

「いいえ。厳しく自己を律するのは、立派なことです。六年生のときからの友人ですし、寂しくはありますが。彼が成道《じょうどう》することを、祈っています」

宮子君は優等生じゃのう、と玄斎までつぶやく。

「ただ少し、心配なことがあるのですが」

宮子は、この際気になることを訊《き》いておこう、と思った。

「あの戒を課することが、彼にとって純粋な修行ならいいのですけれど、私には逆のような気がするのです。母親が殺された恨みを風化させるくらいなら苦しみ続けようと、あえて自分を鞭打《むちう》っているような……」

あのとき寛太は「枷《かせ》をつけようと思って」と言った。心身を浄化するため、ではなく。ならば、このタイミングで清僧宣言をする意図は。

「彼の母親を殺した犯人は、死刑になりませんでした。法律は遺族が望むような刑を下してはくれない。——密教《みっきょう》には敵を呪う修法があると聞きました。私の考えすぎならいいのですが、もし、彼が自らの手で、犯人を裁こうとしてしまったら……」

沈黙が流れる。宮子はあわてて「不謹慎《ふきんしん》なことを言って、すみません」と頭を下げた。

「今日の法話で、火宅のたとえ話をしたじゃろう」

長者の家が火事になったが、子どもたちは遊びに夢中で火に気づかない。父親が「逃げなさい！」と叫んでも、やはり気づかない。そこで父親は言った。

「珍しいおもちゃがあるから、早くこっちにおいで」

子どもたちはおもちゃ欲しさに火の家から出て、難を逃れた、という話だ。

「寛斎は、燃え盛る家の中で、他のことに気を取られておる。自分でも、どうしていいかわからんのじゃろう。下手に『危ないから逃げろ』と言ったところで聞こえないか、出口がわからず焼け死んでしまうかじゃ。まずは他のことで気を引いて、火の家から出さなければ」

うなずくより、他はなかった。

「だから、きつい修行をしたい、清僧を目指す、とあれが言うのなら、今はそれがいい。

修行は、曇りを落として心を育てるためのものじゃ。もし寛斎が犯人を呪いたいと思っていたとしても、修行の過程で無明《むみょう》に打《う》ち克《か》ってくれると儂《わし》は信じておるし、そのための手助けは惜しまん」

寛太が立ち直ることを願うのは、宮子も同じだ。——たとえ、自分の気持ちが行き場を失ったとしても。

「私もそう願っていますし、何かできることがあれば協力するつもりです」

宮子は先回りをして述べた。万が一、玄斎に「寛斎を諦めて、今後は近づかないでくれ」などと言われたら、どうしていいかわからない。

「そうか、ありがとう。会話をする分には問題ないから、これまで通り接してやってくれるじゃろうか」

こうなった以上は、せめて離れた位置からでも彼を見守りたい。

「はい。できる限り来させていただきます」

宮子は一礼して庵《いおり》を後にした。寛太とはもう会えないまま。

うつむきながら石段を下りる。ぽつり、とこぼれた涙が、靴を濡《ぬ》らした。

寛太の力になりたい、頼ってほしいと思っていた。

しかし実際は、コップの水が表面張力でかろうじてこぼれずにいる状態だった彼の心に、最後の一滴を注いで均衡《きんこう》を崩してしまった。

清僧という心の壁の中に籠城《ろうじょう》してしまうほど、寛太を追い詰めたのだ。

胸の奥から熱い塊《かたまり》が込み上げてきて、嗚咽《おえつ》が漏れる。歯を食いしばり、振り切るように石段を駆け下りた。門前町を通り抜け、人けのない道に入る。

涙が溢れてきて頬から顎に伝い、首筋まで濡らした。宮子は誰もいない道を走りながら、声をあげて泣いた。

泣きながら思い知る。自分はずっと前から、本当に、寛太のことが好きだったのだと。

駅舎の手前で宮子はいったん立ち止まり、ハンカチで顔を拭いた。

深呼吸して遠くを見渡すと、黄色く色づいた吉野《よしの》の山々が広がっている。

寛太の好きなもみじの季節であることが、せめてもの救いだ。これが桜だったら、今の彼にはつらすぎる。

この先ずっと、寛太は犯人を赦《ゆる》せない自分を責めながら、自らを罰し痛めつけるかのように修行を続けるのだろうか。もしかしたら、一生。

――あのとき、彼の手をつなぎ止めることができていれば。

手の届かないところへ行ってしまった寛太のことを想《おも》いながら、宮子はうずくまって泣き続けた。

第四章

寛太《かんた》が女人《にょにん》に触れない戒《かい》を解くことも、宮子《みやこ》が彼への気持ちを諦めることもできないいま、四年の月日が過ぎた。

寛太のことが心配で、宮子は毎月欠かさず玄斎《げんさい》の庵《いおり》に通い続けた。

しかし彼とは会話くらいはできるが、いつも二メートルほど離れていたし、以前のように胸の内を明かしてくれることもない。

何より、あれ以来彼は笑わなくなった。アルカイックスマイルを浮かべることはあるが、つくろった表情を貼り付けているみたいで、彼との心の距離を思い知らされるばかりだ。

施されたものは基本的に食べなければならないと知っているので、宮子は寛太の好きな甘いものを御布施《おふせ》として毎月差し入れた。おいしいものを食べてもらって心を和《なご》ませるくらいしか、今の宮子にできることはないから。

ただ、もう一度チャンスが来たら、そのときこそは彼を助けられる人間でありたい。

それもあって宮子は、資格を取って神職となり、父の跡を継ぐ決心をした。

寛太と心を通わせることができないのなら、せめて宗教者として志《こころざし》を共にする人生を選びたい。彼が目指すもの、信じる世界を、自分も学び理解したかった。いつか寛太の支えになれるように――。彼の抱える闇は、あまりに深い。

自分なりの覚悟を持って進路を決め、神道学科《しんとうがっか》のある大学への受験を目前に控えた高校三年生の一月、玄斎が入院したと連絡を受けた。

「手術できないほど病状が進行しているそうだ。もう長くはないから、本人の望むように過ごさせてあげてください、と医者に言われたらしい」

見舞いから帰ってきた父が、小さくため息をつく。

「目のあたりがくぼんで、かなりやつれてらっしゃった。秋口あたりから、ご自分の病気のことは察してらしたんだろうな」

晩ご飯を作っていた宮子は、思わず包丁を落としそうになった。

「そんなにお悪かったなんて……」

先々月は玄斎の代わりに仁斎《じんさい》と寛斎《かんさい》が法話会を執《と》り行《おこな》い、その際に「しばらく法話会はお休みします」と伝達があった。他の参加者も「玄斎様に何かあったのでは」と心配をしていたのだ。

「宮子に『立派な神職になれるよう、がんばりなさいよ』と伝言を頼まれたよ」

最後にお会いしたのは秋の法話会だった。

神職となって父の跡を継ぎます、と告げた宮子に、玄斎は「覚悟ができましたかな」と真剣な顔で訊《き》いた。宗教者になろうとする者への真摯《しんし》なまなざしだ。どちらかと言えば個人的な理由での進路選択だったが、玄斎の一言で、肝《きも》が据《す》わった気がした。

『体は鍛《きた》えてやらなきゃ、なまってしまう。心も同じことじゃよ。心がなまっていると、悩みごとを正しく解決できない。自分や周りの人間が幸せに生きられるよう、普段から心を育てなされ』

口癖《くちぐせ》のように言っていた、玄斎の言葉を思い出す。

宮子にとっても、玄斎は師のような存在だ。お会いできるうちに会っておきたい。

「お父さん。明日、私もお見舞いに行ってくる」

「そうだな。明日は日曜日だから、鈴子も連れて行ってきなさい。仁斎さんと寛斎君が、交替で看病をしている」

父が肩を落として台所を出ていく。さすがに気落ちしているのだろう。父方の祖父が亡《な》くなり、若くして三諸教本院《みむろきようほんいん》を継ぐ重責《じゆうせき》に悩んでいたころ、玄斎にはかなり力になってもらったと聞いている。

父や自分ですらそうなのだから、寛太はどれほど心を痛めているだろう。

七年近い歳月を、寛太はあの庵《いおり》で師僧《しそう》と共に過ごした。奥駆《おくがけ》をし、毎日の勤行《ごんぎよう》や瞑想《めいそう》で、余計なことを考える間もないほど時間と心を埋めてきたのだ。

玄斎は寛太にとって精神的支柱であり、心を平穏に保つための導き手でもある。

宮子の頭を、小学六年生のときの光景がよぎった。白衣を着た寛太が、沙耶《さや》と対峙《たいじ》している後ろ姿。あのときの彼の言葉が、宮子を不安にさせる。

『俺にも、呪い殺したい奴《やつ》がいてな』

あれは、本当にハッタリだったのだろうか。

たとえ当時はそうだったとしても、修行して験力《げんりき》を得た今なら、寛太は敵を呪う調伏《ちょうぶく》法《ほう》を修《しゅう》せるかもしれない。

学校に通っているだけでも、女性に触れずに過ごすのは難しいはずなのに、彼はいまだに触女人戒《しょくにょにんかい》を保っている。なぜ、そこまで自分を追い込むのだろう。

『憎めないんなら、もう赦《ゆる》してやれよ』

沙耶に言った、寛太の言葉。

清僧宣言をした日、彼は犯人のことを「赦せていない」と言った。もしかしたら彼は、赦せないから憎まなければならない、と思い込んでいるのでは。

寛太の心の家はいまだに燃え続けているのかもしれない。

ガスコンロにかけた鍋が噴き、我に返った宮子はあわてて火を止める。

一度根づいた不安の火種が、宮子の心でじわじわとくすぶり続けていた。

翌日、お見舞いの上生菓子《じょうなまがし》を持って、宮子《みやこ》と鈴子《すずこ》は玄斎《げんさい》の入院先へ行った。

四人部屋のいちばん奥で、玄斎はベッドを起こし、目を閉じて座っていた。付き添っていた寛太《かんた》が宮子たちに気づき、立ち上がって会釈《えしやく》をする。

「老師《ろうし》、柏木管長《かしわぎかんちよう》の娘さんが来られました」

寛太が椅子を二つ持ってきて、ベッドの横に並べる。

宮子は「お見舞です」と言って椅子の上に菓子折りを置いた。女人《によにん》に触れない戒を保っている彼のために、いったん後ろに下がる。

寛太が礼を言って菓子折りを受け取り、玄斎の耳元で「お菓子をいただきました」と告げた。

玄斎がゆっくりと目を開ける。

「おお、宮子君に鈴子君か。わざわざ来てくれてありがとう」

声には張りがなく、唇もかさかさしてひび割れて、目が落ちくぼんでいる。それでも、玄斎の笑みはいつものように穏やかだ。

なんと声をかけていいかわからず、宮子はただ立ち尽くしてしまう。自分の感情を顔に出さずにいるのが精一杯だった。

「なに、儂《わし》の心配はいらんよ。今も、痛みを観《み》る瞑想《めいそう》をしておったんじゃ。病気はただの病気であって、不幸ではない。人には定命《じようみよう》がある。それが来ただけのこと」

今まで「心を育てなさい」と言われ続けていたのに、こんなときどうすればいいかすらわからない自分の未熟さを恥じながら、宮子は一礼した。鈴子も、さすがに黙っている。

「寛斎、売店で飲み物でも買ってきて、お出ししなさい」

お構いなく、と言ったが、寛太は一礼して部屋を出ていった。

「まあ、二人ともお座りなさいよ。儂はもう妻帯しておらんが、清僧にはこだわらんから、もっと近くにおいでなさい。あまり大きい声が出せなくてのう」

宮子が枕元まで椅子を移動させると、玄斎がこちらを凝視《ぎょうし》した。眼光は衰《おとろ》えていない。

「儂はもう、長くない。節分は迎えられんじゃろう。それは定めとして受け入れておる。死ぬのが不幸だと思うのは、傲慢《ごうまん》というものじゃよ。人はみんな死ぬのだから、自分だけが特別だと思ってはいかん。だが」

玄斎が言葉を切る。

「ひとつ心残りがある。……寛斎のことじゃ」

隣の鈴子の表情をちらりと確かめてから、宮子は玄斎を見つめ直した。

「あれは、子どものころに母親を殺され、心がずたずたになってしもうた。何とかしたい一心で、儂は寛斎を内弟子として引き取り、知っていることはすべて教えてきた。あれも真剣に修行をして、それに応えてくれた」

玄斎が、上半身をベッドから浮かせ、宮子の方を向く。

「しかし、いま少し時間が足りんかった……。儂が死んだら親元に帰すつもりで何日か帰省させたところ、父親が抱え続けてきた心の闇に気づいて寛斎はかなり動揺しておる。もう少し、心が育った後なら良かったのじゃが……」

玄斎が、右手を宮子の方に伸ばす。骨や血管が浮かび上がり、斑点《はんてん》が出ている。

「宮子君、寛斎が道を踏み外さんよう、見守ってやってくれんか。あれは、一人にしてはいかん。幸い、君たち姉妹《しまい》には心を開いておるようじゃから、どうか……」

宮子は玄斎の手を両手で包み込むように握った。乾燥した冷たい手に触れた瞬間、その命がもう長くないことを悟る。

込み上げる涙を堪《こら》えて、「はい、確かに」と宮子はただただ繰り返した。

鈴子が脇腹をたたいてくる。寛太が戻ってきたのだろう。宮子は玄斎の手をベッドに置き、姿勢を正した。

缶飲料を持った寛太に続いて、兄弟子の仁斎《じんさい》が入ってくる。

「おや、宮子ちゃんに鈴子ちゃん。お見舞い、ありがとう」

宮子と鈴子は立ち上がって、あいさつを返した。

「寛斎、今日はもう仁斎と交替して、帰りなさい。お二人を駅までお送りして」

宮子は遠慮しようとしたが、先ほどの玄斎の言葉を思い出し、あえて黙ったままでいた。

寛太が素直に返事をして、仁斎に申し送りをする。その間に、玄斎が再び宮子の方を向く。

「宮子君、立派な神職になりなさいよ。神様と人との仲立ちをするのはもちろん、誰かの助けとなれるように」

　誓いを立てるつもりで、宮子は「はい」とうなずいた。

「鈴子君はまだ若いから、この先何にでもなれる。できる限り多くのことを見聞きして、将来を決めなされ。君の明るさは、周りを和ませる。お父さんやお姉ちゃんと仲良くな」

　鈴子も真面目な顔で「はい」と答えている。これが最後の言葉になるのだろうと思うと、堪えきれずに唇が震えた。

　洗濯物を入れたバッグと缶飲料を持って、寛太が師僧に一礼する。

「では、失礼して二人を送ってきます。また明日来ますので」

　出入口へ進んだところで、寛太が促すように宮子たちを振り返る。宮子と鈴子も立ち上がってあいさつをすると、いつもの笑みを浮かべて、玄斎が軽く手をあげた。

　寛太の後について病室を出る。

　いちばんつらいのは彼なのだから自分が泣いてはいけないと、必死で涙を堪える。鈴子も同じ思いなのだろう、唇をぎゅっと結んだままだ。

　エレベーター前で立ち止まると、寛太が缶飲料を持ち上げて「せっかくだから持って帰れよ」と言う。

「じゃあ、飲みながら少し話そうよ」

　なかば強引に、ロビー横の談話スペースに向かう。四人用のテーブルセットの一端に、宮子と鈴子は座った。もう一本缶コーヒーを買ってきた寛太が、向かいに座って「まあ飲め」と缶を二本こちらに滑らせてくる。鈴子に一本渡すと、宮子は口を開いた。

「玄斎様……かなりお悪かったのね。秋口に調子が悪そうだったけど、ここまでだなんて」

寛太がコーヒーを一口飲み、表情を変えずに言う。

「ご自分の病状をよくわかってらっしゃったんだろう。今回の入院も、周りがさんざん言ってやっとだったからな。秋にはもう先々のことまで指示されていたよ。……『俺《いおり》は仁斎に任せる。寛斎は実父の元に帰って、里の修行をするように』ってな」

「里の修行って、寛斎兄ちゃん、還俗《げんぞく》するの？」

鈴子が口をはさむ。

「うーん、還俗とはちょっと違うかな。元々修験者《しゅげんじゃ》は半僧半俗だからね。会社勤めや家族との生活、つまり里の修行をしつつ、休日は僧として修行にいそしむ人が多い。一番弟子の仁斎さんもそうだしね」

「じゃあ、清僧はやめるんだ」

鈴子の遠慮ない言葉に、寛太の動きが一瞬止まった。が、すぐにまたポーカーフェイスで話し始める。

「老師からも、里に下りたら戒を解くよう勧められたけど、いったん始めたことは貫きたい。働いたり電車に乗ったりしたら、女性に触れずに過ごすのは難しいから、どうしたものかな。吉野《よしの》は人が少ないし、修験道《しゅげんどう》に理解があるから恵まれてたよ。学校でも、男友達が常に俺の周りをガードしてくれてたからな」

タイなどの仏教国では、比丘《びく》が誤って女人に接触しないよう乗り物の中では男性客が周りを取り囲んで守ると聞く。寛太もそこまでされていたことに、宮子は複雑な気分になる。

「清僧じゃなくても、自分を律していれば修行的には変わらないんじゃないの？　なんか、女がバイキンみたいで悲しいじゃん」

鈴子の言葉を、寛太が乾いた声で受け流す。

「鈴子ちゃんは鋭いな。……でも、巫女《みこ》さんだって独身だろう？　昔の斎王《さいおう》は、男性と会うことすら禁じられていたし。それと似たようなものさ」

まだ何か言おうとしている鈴子をさえぎるように、寛太がこちらに話を振る。

「大学、神道学科を受験するんだってな。三諸教本院《みむろきょうほんいん》を継ぐ覚悟を決めたのか」

「うん。本当に継ぐかどうかはともかく、神職にはなりたいと思って。……そっちはどうなの。仏教系の大学か、修行機関に入るの？」

寛太が視線を落とす。

「総本山の学林《がくりん》に入りたいのはやまやまなんだが、無理だろうな。……それよりお前、もうすぐ受験だろう。気を抜くなよ」

からかうように言う寛太に、宮子も「大丈夫よ」と笑った。けれども、進路の話題をそらされたことが少し引っかかる。

学林は今すぐでなくてもいずれ入ることはできるのに、どうして「無理だろう」と彼は思っているのか。その理由を訊《き》きたいのに、なぜだか怖くて言い出せない。

突然、鈴子が時計を見て立ち上がり、コートを着始めた。

「私、晩ご飯の支度があるから、先に帰るね！　お姉ちゃんは、もう一本後の電車でゆっくり帰ってきて。寛斎兄ちゃん、きちんと食べて寝なきゃだめだよ」

宮子が何か言うより先に、鈴子は病院の玄関へと走り出していた。

肌の色が濃いからわかりにくいが、寛太の目の下には隈《くま》ができている。

夜遅くまで病気平癒《へいゆ》の加持《かじ》をしているのだろうか。それとも他に、何か眠れないような心配ごとがあるのかもしれない。たとえば、父親に関することとか。

「そうだ、玄斎様に聞いたけど、お父さんのところに帰ってたんだって？」

宮子の問いに、寛太の動きが止まった。こちらをじっと見つめる目が、何か言いたそうにしている。

彼がまた心を閉ざしてしまわないよう、宮子は慎重に話を促した。

「お父さん、元気にしてらした？」

寛太が両手の拳を握ったまま、ぽつりと告げる。

「もっと早く、里の修行に戻るべきだったかもしれない」

とにかく吐き出させようと、宮子は口をはさまずに次の言葉をじっと待った。

「親父《おやじ》とは、年に数回しか会ってなかったんだ。仕送りの礼を言ったり、近況報告をしたり。でも、いつだって俺のことを気遣うばかりで、自分のことは話さなかった。変わった様子もなかった」

寛太が堰《せき》を切《き》ったように話し始める。

元の一軒家は、殺害現場を見るのがつらくて放置していること。独りで暮らす父親のワンルームは段ボール箱で埋もれていて、中身はほとんど死んだ母親の遺品だったこと。冷蔵庫には酒しか入っておらず、ろくに食べていない様子だったこと。机の引き出しに心《しん》療内科《りょうないか》の薬袋《やくたい》が入っていたこと。

「お前も『見える』からわかるだろう。よくない状態の人間には、黒い靄《もや》みたいなものがまとわりついていることを。……でも、俺には見えなかった。親父のことだけは、見えていなかったんだ。七年間もずっと！」

寛太の言葉が重い潮流のよう宮子に押し寄せる。

感情の波に同調すると、そのときの彼の様子がはっきりとよみがえった。

湿った段ボールに囲まれた狭い場所で、寛太は懐中電灯を持ち、机の引き出しを探っている。布団《ふとん》にくるまった父親が、寝息に交《ま》じって苦しそうに呻《うめ》いた。

まず出てきたのは大量の薬だ。次に、透明な袋に入ったレシートや、黄ばんだ紙に印刷された町内会のお知らせ。

明かりを近づけてレシートを見る。消えかけているが、かろうじて字は読める。寛太の母親が亡《な》くなった日のものだ。寛太の指が、袋越しにレシートを撫《な》でる。

次の引き出しからは、古い手帳やノートが何冊も出てきた。スクラップブックには、事件の記事が貼ってある。犯人の顔を、ボールペンで執拗《しつよう》に塗りつぶしたものもあった。

しばらくして意を決したように、事件が起こった年の手帳を開く。

事件からしばらくは、手帳は真っ白なまま何も書かれていない。

日数が経《た》つと、書きなぐるような字でぽつりぽつりと言葉が記されていた。

『なぜだ』

『犯人は死んで償《つぐな》え』

さらに時が進むと、『この家に越してこなければ、佳美《よしみ》は死なずにすんだ』『佳美を守れなかった自分に、生きる資格なんかない』といった自責の念が綴《つづ》られるようになった。

日付が進むにつれ、手帳には客観的な状況が書かれ始めた。

寛太が登校拒否を起こしたこと、近所の人の好奇の目、会社で『いつまでも落ち込んでいてやりづらい』と陰口を言われること。

犯人の逮捕後は、相手に対する怒りよりも、寛太のことが多く書かれていた。

『また警察署の周りをうろついて保護される。カッターと彫刻刀を持っていた』

『夜中に急に叫んだり、自分の腕を刃物で切ったりする』

『この子まで破滅させるわけにはいかない』

手帳をめくる寛太の指先が震えている。

『玄斎様から、寛太を内弟子にしたいと申し出があった。佳美が導いてくれているのか』

『まだ迷っている。一人ではとても生きていけない。しかし親として、寛太だけは立ち直らせなければ』

手帳を閉じて、寛太が父親を振り返る。

今ならはっきりと見える。暗闇とは異質な、べったりとした黒いものが、父親の全身に巻きついているのを。

「俺は自分のことで精一杯で、親父の異変に気づいてやれなかった。俺が先にキレてしまったから、親父は自分のつらさを吐き出すこともできなかったんだ」

寛太の声に、宮子は現実へ引き戻された。目の前の彼は、関節の色が変わるほど拳を握りしめている。

「それは……子どもだったから、仕方がなかったのよ。玄斎様も、今ならお父さんを支えられると思ったからこそ……」

「親父一人守れないで、何のための修行だ！　やっぱり、俺は逃げてたんだ。自分だけ清らかになった気分で、救われたみたいに感じて、調子に乗ってただけなんだよ」

語気の荒々しさに戸惑いながらも、宮子は首を振った。

「……違うよ。心を育てるために、一生懸命修行してたじゃない。私、ずっと見てたから知ってるよ。他の子が遊んでるときも、毎日瞑想《めいそう》して、足をくじいても山を駈《か》けて、経典《きようてん》も学んで。悪霊《あくりよう》になりかけたサーヤを救うのも手伝ってくれた。逃げてなんかないよ！」

必死で説得する宮子に、寛太が皮肉っぽく言う。

「あの幽霊の友達か。あいつも殺されたけど、ちゃんと行くべきところへ行けたんだよな。……俺の母親は、俺のところに一度も出てこないよ。輪廻《りんね》した先で困らないよう、精一杯の供養《くよう》はしてるんだがな。どうなったのか、確認のしようもない」

「……っ」

言葉を探すけれど何と声をかけていいかわからない宮子の耳に、心臓の音が警鐘《けいしよう》のように鳴り響く。

「なあ、『救い』って何だよ。母親がどうなっているかも確かめられない、親父は事件から七年近く経《た》った今も、苦しみ続けている。俺自身も」

寛太が両手で頭を抱え込む。

「夜、勤行《ごんぎよう》して、老師《ろうし》と親父の病気平癒の加持をして、落ち着いた心のまま眠っても、夢を見るんだ。血だらけの母親や、黒いものに巻きつかれた親父が、俺をじっと見ている夢を。その度に思い知らされる。俺だけが光の方へ進むわけにはいかないって」

そんなことない！　そう叫びたいのに、寛太の想《おも》いと同調しているせいか、声が出ない。

寛太が両手で自分の顔をこすり、頬を軽くたたいた。

「……すまない、疲れでつい気がゆるんだ」

もう平気だ、とばかりにポーカーフェイスを貼り付けて言う寛太に、宮子はテーブル越しに上半身を乗り出して精一杯の距離まで近づいた。

「私には気を遣わないでよ。話すことで楽になるなら、愚痴《ぐち》でも何でも言って。……昔、私に『頼るべきときは頼れ』って言ってくれたじゃない」

反射的に上半身を引いた寛太が、少しだけ口角をあげ、諭すような声で言う。

「そんな心配そうな顔をするなよ。そこまで深刻な話じゃないんだからさ」

話題を打ち切るかのように、寛太が左腕の袖をめくり、時計を見る。

「そろそろ電車の時間だろう。駅まで送る」

寛太が立ち上がり、空き缶を持って歩き出す。宮子は彼を引き止めるように言った。

「……深刻な話だよ」

寛太が振り向く。

「ねえ、どうして自分だけが幸せになっちゃいけないなんて思ってるの？　どうして楽しかったときのお母さんのことじゃなくて、ひどい記憶だけを反芻《はんすう》してるの？　どうしてお父さんとまず話をしないの？」

ずっと不安に思ってきたことが、宮子の口からこぼれ出る。

「光の方へ進むわけにはいかないなんて、そんなこと言わないで！　進んでいいんだよ。お母さんもお父さんも、一緒に連れて行けばいいじゃない」

動きを止めた彼が、じっと宮子を見つめている。

長い沈黙のあと、寛太は「それができれば」とつぶやいて首を振った。

「……お前、いい神主《かんぬし》になるよ。がんばれよ」

缶を捨てに行く彼の後ろ姿は、一瞬開きかけた心をまた閉ざしたかのように見える。それ以上踏み込めないまま、宮子はコートを着て、未開封の缶コーヒーをバッグにしまった。

夕暮れの雪道を黙ったまま歩く。二メートル以上離れているので、何も話しかけられないのがもどかしい。

駅に着くと、改札内の待合室から鈴子が出てきた。こちらに気づいて、手を振りながら改札口まで近づいてくる。

「へへ、乗り遅れちゃった。……あ、寛斎兄ちゃん、この漫画読む？　私、今読み終わったから、返すのはいつでもいいよ」

鈴子が、改札の柵の上に漫画を置く。寛太が「サンキュ」と言って本を受け取る。

「無理せず、体に気をつけてね。玄斎様によろしく」「お前も受験がんばれよ」といった型通りのあいさつを交わして、宮子も改札を通る。かけたい言葉は他にもっとあるのに。

電車に乗り込む寸前、後ろ髪を引かれる思いで宮子が振り向くと、寛太が軽く手をあげて会釈《えしゃく》した。

張っていた気がゆるみ、崩れるように腰かける。電車は、がら空きのまま走り出した。

「で、お姉ちゃん、ゆっくり話せた？　気をきかせて先に帰ったんだから」

やっぱりそうか。宮子は鈴子の肩に体当たりをしてから、ぽつりと言った。

「らしくないほど混乱してた。玄斎様はあんな状態だし、そんなときにお父さんと会って、ずっと苦しんでいたことを目の当《ま》たりにしてしまったから」

「そっか。玄斎様が治ってくだされば、万事オーケーなのにね」

車輪の音が、規則正しく響く。

「力になりたいのに、何をすればいいかわからないし、結局何にもできない。……私、こんなんで神主になれるのかな」

鈴子が隣で「うーん」と唸《うな》る。

「あんまり考えすぎると、本当に何もできなくなっちゃうよ。羊羹《ようかん》差し入れたり、漫画貸したりして、気にかけてるよって伝えるだけでもいいんじゃないかな」

「鈴ちゃん、それで漫画貸したの？」

「まあね。私だって本当は、こんな大変な状況のときに本貸すほど能天気じゃないもん。寛斎兄ちゃんには、前向きな意味での現実逃避が必要なんだよ。フィクションの世界にでも浸《ひた》って、一時《いっとき》だけでも気を休める時間が」

「……そうだね。彼にとって現実は、つらいところだもんね」

自分もそのつらい現実の一部であることが、哀《かな》しい。鈴子がさらに続ける。

「現実逃避くらいで止まってもらわないと。あの『清僧《せいそう》』ってやつは、やめた方がいいと思うんだ。お姉ちゃん、誘惑して久米《くめ》の仙人《せんにん》にしちゃえば？」

久米の仙人とは、奈良県《ならけん》に伝わる民話の人物だ。修行をして神通力《じんずうりき》を得たが、空を飛んでいる最中に、川で洗濯をする女性の太ももを見て色欲《しきよく》を起こし、力を失ってしまったという。

「ちょ……鈴ちゃん、なんてこと言うのよ」

肩をたたくと、鈴子はケラケラと笑った後、急に真剣な声になった。

「真面目な話、寛斎兄ちゃんは、神通力とか験力《げんりき》みたいな飛び道具は持たない方がいいと思うんだ」

たぶん、鈴子も自分と同じことを危惧《きぐ》している。宮子は「うん」と返事をして、黙り込んだ。車輪の音だけが、無言の二人の間に響き続けた。

一月最後の日曜日、宮子《みやこ》の受験が終わった。

試験の出来は上々だったので、手ごたえはある。ようやく肩の荷が下りた宮子は、キャンパス横にある女子寮を外から見て、帰路についた。ぎりぎり通える距離ではあるのだけれど、「朝拝《ちょうはい》・夕拝《ゆうはい》などで作法を覚えられるし、神職になるなら人脈づくりも大事だから」との父の勧めで、合格したら最初の二年だけ入寮する予定なのだ。

晴れやかな気分で家に帰り、亡《な》き母に報告するため奥座敷《おくざしき》へ向かう。宮子が障子《しょうじ》を開けると、御霊舎《みたまや》の前に袴姿《はかますがた》の父が座っていた。

振り向いた父のその表情を見て、宮子はすべてを悟った。

「もしかして、玄斎《げんさい》様が……」

「さっき連絡があった。昨日亡《な》くなられて、今日がお通夜《つや》だそうだ。閉門したらすぐに向かうから、宮子も支度しておきなさい。鈴子《すずこ》にはすまないが、留守番をしてもらおう」

父が立ち上がり、座敷を出ようとして振り向いた。

「受験、ご苦労だったな」

こんなときなのに、ねぎらいの言葉をかけてくれる父に、宮子はうなずいて応える。

一人になると、宮子は御霊舎に手を合わせた。

人はいつか死ぬ。

知識として知っていても、自分の身近な人が亡くなると、それがどういうことなのか本当には解《わか》っていなかったことに気づく。

「お母さん、玄斎様が亡くなられたって……。お母さんも昔、お世話になったんだよね。

今頃そっちでお会いしてるの？」

言葉にしたとたん涙が溢《あふ》れてきて、母の遺影が見えなくなる。玄斎が亡くなっていたことも知らず、試験に必死になっていたことを申し訳なく思う。

——死ぬのが不幸だと思うのは、傲慢《ごうまん》というものじゃよ。

玄斎の言葉がよみがえる。

傲慢だとしてもやはり、もっと生きていてほしかった。神主《かんぬし》になった自分を見てもらいたかった。けれどそれはもう絶対に叶《かな》わないことが寂しくて、涙がとめどなく流れる。

明日の告別式にも参列するため、祖父母の家に泊めてもらう手はずを整え、一泊分の荷物をまとめる。ちょうど帰ってきた鈴子には、留守番を頼んだ。

「宮子、数珠《じゆず》は持ったか。神葬祭《しんそうさい》と違うから必要だぞ」

喪服《もふく》に着替えた父と、急ぎ足で玄関を出て車に乗る。二人とも終始無言のままだ。

雪でぬかるんだ道路を進み、一時間半ほどで祖父母の家にたどり着く。あいさつもそこそこに祖父母と四人で葬儀場へ向かった。

高名な僧侶の場合、身内だけで密葬《みつそう》し、日を改めて盛大に本葬をすることが多いが、「葬儀は簡素に」との故人の遺志だそうだ。

会場には人が溢れており、玄斎の人柄が偲《しの》ばれた。修験者《しゆげんしや》や僧侶が列席しているのはもちろん、信者の数も多い。焼香《しようこう》はかなり順番を待つことになった。

遺影の中の玄斎は、肌艶《はだつや》もよく柔和な笑顔で、今にも語りかけてくれそうだ。

宮子たちの順番が来たので、焼香して手を合わせる。

――今までありがとうございました。後の世での幸福をお祈りしています。

父と共に、喪主の仁斎《じんさい》にも礼をする。寛太《かんた》は険しい表情のまま、後ろの方に控えていた。視線を合わせることもできないまま、人の流れに沿って立ち去る。

玄斎は臨終の間際《まぎわ》、突然目を覚まして「窓を開けてくれんか」と言ったそうだ。何ごとか察した寛太が「どうかお待ちください」と枕元に駆け寄ったが、玄斎は彼に何かをささやき、もう一度、窓を開けるよう言った。それでも動こうとしない寛太に代わって、仁斎が一礼して窓を開けると、そのまま眠るように息を引き取ったという。

「玄斎様らしい最期《さいご》やなあ」

涙ぐみながら、祖母がつぶやく。

僧侶はすでに仏弟子としての戒を受けているので、葬儀は残された者の心を整理する意味合いの方が強い。ちなみに、僧侶が亡《な》くなることを「遷化《せんげ》」という。衆生《しゅじょう》を悟りの世界へ導くために、来世でも僧侶として生まれ変わるからだそうだ。

まるで玄斎様のためにあるような言葉だな、と宮子は思った。

祖父母の家に戻り、自宅へ帰る父を見送る。

祖父は十時過ぎに早々と就寝したが、宮子と祖母はこたつでお茶を飲んだ。

「玄斎様って、若いころから修行されていたの？」

ミカンを食べながら、祖母に訊《たず》ねる。

「いや、あの方が出家されたんは、四十を過ぎてからやで」

祖母の話によると、事業に失敗して無一文になり妻にも去られた玄斎は、総本山の寺に流れ着き、住み込みの寺務員になったそうだ。真面目な働きぶりに目を留《と》めた僧侶の勧めで経典《きょうてん》を学び、得度《とくど》して修行機関に入った。若い僧に交じって愚直《ぐちょく》に修行を重ね、数年後には周りから慕われる存在となったという。

「苦労を知ってはったからこそ、私ら凡夫《ぼんぷ》と苦楽を共にしてくれたんやろうね」

何年も接していたのに、初めて聞いた話だ。

玄斎は昔からずっと、宮子の知る「玄斎様」だったように錯覚《さっかく》していたけれど、みんなと同じように悩み苦しんだ時期があったのだ。

その日は、遅くまで祖母と話をした。

玄斎の想《おも》い出《で》話はもちろん、父と母の馴《な》れ初《そ》めも教えてもらった。

金峯山寺《きんぷせんじ》の祭りの日、人違いで声をかけてきた母に、父が一目《ひとめ》惚《ぼ》れしたのがきっかけだとは聞いていたが、実際は微妙に違ったのだ。

「田紀里《たぎり》――宮ちゃんのお母さんはな、実は人違いのふりしてお父さんに声をかけたんやで。人ごみの中にすごくきれいな気の人がいるから、どんな人か確かめたい言うてな。おばあちゃんには、背の高い真面目そうな男の人にしか見えへんかったけど、あの子には何か感じるものがあったんやろうね」

「お互いに一目で自分の伴侶《はんりょ》を見つけるって、すごいね」

祖母は遠い目をして「せやなぁ」と言った。

「あの子が初めてお父さんを家に連れてきたとき、おばあちゃんも思ったわ。ああ、これは引き離されへんな、って」

「おばあちゃんは、最初は結婚に反対してたって聞いたけど」

祖母が苦笑する。

「形だけや。二人の絆《きずな》を深めるための儀式みたいなもんやね。昔から、人は自分の欠けた半分を求めると言われてるやろ。ほら、バターハーフとかいう」

「ベターハーフね」

「せや、それや。……お父さんは、お母さんが早死にしてしもうたことを私らに申し訳なく思ってはるみたいやけど、それはあの子の定命《じょうみょう》やから仕方がない。数年でも、自分の半分と過ごして子どもまでできたんやから、あの子は幸せやったはずや」

祖母はお茶を飲み干して、宮子の方を向いた。

「宮ちゃんも、欠けた自分の半分に出会《でお》うたと思ったら、誰に何を言われたかて、その手を離したらあかんで。相手にとっても、宮ちゃんが欠けた部分を埋めてくれる存在なんやからね」

湯呑《ゆの》みの縁を見つめながら、ぼんやりと考える。自分の半分とは、父と母のように直感的に気づけるものなのだろうか。

初めて会ったときの寛太を思い出す。なぜだか目が離せなくてお互いに見つめ合ってしまった。あれはたぶん、本能的に「同類だ」と感じたからだ。

何かもう少し予感めいたものがあればよかったのに、と思う。

翌日は、一月にしては珍しく晴れ渡り、暖かさすら感じた。

参列者が寒くないようにと、玄斎が晴らしてくれたかのようだ。焼香を終えた宮子は、祖父母と共に外で並んで出棺を待った。参列者の長い人垣ができる。

会場からゆっくりと柩《ひつぎ》が運ばれてきた。寛太もその列に加わっている。

柩が目の前を通る瞬間、本当に今生《こんじょう》でのお別れなのだと思い知り、宮子はただただ手を合わせながら泣いた。周りからも、すすり泣く声が聞こえる。

霊柩車《れいきゅうしゃ》に柩が納められ、扉が閉まる。出発を告げるクラクションが長く響き渡ると、駐車場の植え込みにいた猫が三匹、呼応するように鳴いた。「猫までお別れを言っているよ」と誰かが言って、動物にまで慕われる玄斎の徳の高さに皆が感じ入る。電線には鳥たちがずらりと並び、沿道の飼い犬は鎖ギリギリのところまで出て霊柩車を見送っていた。

空を見上げると、「心を育てなさいよ」という玄斎の声が聞こえた気がした。

二月は逃げる、三月は去る、とはよく言ったものだ。卒業式も終わり、お彼岸《ひがん》の季節となった。

大学に受かった宮子《みやこ》は、着々と入学準備を進めていた。毎日神社の手伝いをし、作法や所作はもちろん、事務や経理も教えてもらっている。信者宅の巡拝《じゅんぱい》や外祭に車が必要なので、自動車教習所に通い免許も取得した。親友の直実《なおみ》も第一志望の大学に合格し、すべてが順調に進んでいるように見えた。

ただ一つ、寛太《かんた》のことを除いては——。

玄斎《げんさい》の告別式で見かけて以来、ずっと会っていない。彼は携帯電話を持っていないので庵《いおり》に何度か電話をしたが、いつもつながらなかった。

迷惑なのでは、という気持ちをおして電話をかけ続けると、一度仁斎《じんさい》が出て「寛斎はお父さんのところへ帰っているよ」と教えてくれた。玄斎の四十九日《しじゅうくにち》法要が終わり次第、父親の元に帰るので、二人で住める新居を探しているそうだ。

あまりしつこくしてはいけないと思いつつも、玄斎に頼まれたのだからと自分に言い訳をし、宮子は葉書を出した。

「今日は玄斎様の二七日《ふたなぬか》ですね。こちらでもお祈りさせていただきます」

「吉野《よしの》は寒いので、体に気をつけてください」

「大学に受かりました。玄斎様のような立派な宗教者になれるようがんばります」

「庵《いおり》の庭の白梅は、今年も咲きましたか」

当《あ》たり障《さわ》りのないことしか書けないのがもどかしかったが、宮子はきれいな絵葉書を選び、一週間おきに送った。新生活用に買った携帯電話の番号とメールアドレスも書いておいたが、寛太からの返事は一度もないままだ。

玄斎の四十九日法要の日が来た。

宮子は鈴子《すずこ》を連れて、吉野の祖父母の家まで車で向かった。曲がりくねった山道は初心者には運転しづらく、何度もガードレールにぶつかりそうになる。助手席の鈴子が、手すりにつかまりながらキャーキャーとひっきりなしに叫んでいた。

ようやく祖父母の家に着いたときには、二人ともぐったりだった。

まずは仏壇と神棚に手を合わせる。曾祖母《そうそぼ》が信心深く霊力もあったため自宅で神仏をお祀《まつ》りしているのだが、祖父には霊感は受け継がれず、隔世遺伝《かくせいいでん》で母に色濃く出たようだ。

「やっぱり神社の子は信心深いなあ。宮ちゃんも鈴ちゃんも、こっち来てお菓子でも食べ」

祖母が、お茶とお菓子を用意してくれる。

「おばあちゃん、お姉ちゃんの車には絶対乗っちゃだめだよ！　すっごく怖いの。寿命が縮まるかと思ったよ」

「初ドライブなんだから、仕方ないでしょ。そのうち慣れるもん。上手になったら、おばあちゃんも乗ってね」

それは嬉《うれ》しいなあ、と祖母が微笑《ほほえ》む。

玄斎の法要は関係者のみで行われるが、できるなら後で仏壇に手を合わせに行きたい。それに、寛太のことも気になる。明日には庵《いおり》を出て実家に帰るはずなのに、相変わらず何の連絡もないし、新しい住所も知らない。

「宮ちゃん、合格おめでとう」

襖《ふすま》を開けて入ってきた祖父が「入学祝」と書かれたのし袋を差し出す。

「お父さんやお母さんみたいに、立派な神主《かんぬし》になるんやで」

いつもは無口な祖父が笑って言う。

「ありがとうございます」

宮子は一礼して、両手でのし袋を受け取った。その重みに、将来への責任を感じずにはいられない。父のように泰然《たいぜん》とし、母のように信者さんの話に耳を傾け、玄斎のように生きとし生けるものと喜び悲しみを共にして導く――そんな宗教者になれるだろうか。今はまだ、大事な人の力にさえなれていないのに。

四人でこたつを囲みながら、他愛《たわい》のないおしゃべりをする。柿《かき》の葉寿司《はずし》を葉っぱごと食べようとしていた外国人に身振り手振りで食べ方を教えた話を、鈴子が再現して祖父母を笑わせていると、玄関の戸が開く音がした。

「ごめんください」

寛太の声だ。誰よりも先に宮子は立ち上がった。祖母と共に玄関へ向かう。

「本日は結構なお供えをいただき、ありがとうございました。師僧《しそう》玄斎の四十九日法要を無事終えることができました」

彼には似合わないくらい明るい声で、よどみなく話す。

「まあまあ、玄斎様のところの」

寛太は果物や乾物、お菓子が入った紙袋を上《あ》がり框《かまち》に置き、一歩下がって礼をした。

「お供えのお下がりです。お納めください。老師《ろうし》の法話会のＣＤも記念品として入れてあります」

「それはありがたいねぇ。……あんた、お父さんのところに帰るんやて？」

祖母がさりげなく訊《たず》ねる。

「はい。明日、吉野を発《た》ちます。みなさまには本当にお世話になりました」

「住所、決まったの？」

宮子は思わず口をはさんだ。

「ああ。奈良《なら》市内に住むことになった。親父《おやじ》の通勤にもちょうどいいところが見つかってな。……葉書、届いてたよ。ありがとな」

いつもより高い寛太の声は、お芝居の台詞《せりふ》みたいに聞こえた。

「玄斎様の御仏前に手を合わせたいんだけど、あとで庵《いおり》に行ってもいいかな」

「しばらくは人が出入りするから、夕方遅くなら大丈夫だぞ。老師も喜ばれる」

五時過ぎに行くことを約束し、寛太を見送る。

「あの子、明《あか》るなったなぁ。弟子入りしたてのころは、怖い顔しとったけど」

祖母の言葉に、宮子は生返事しかできなかった。

夕方、宮子は鈴子を連れて庵《いおり》へ向かう。門をくぐると白梅の香りがした。

「ごめんください」

入り口の引き戸を開け、土間に入る。

いつも法話会をしていた右側の広間は襖が取り払われ、仏壇前にたくさんの花や供物《くもつ》が並んでいるのが見えた。奥の廊下から、寛太が出てくる。

「よく来てくれたな。まあ、あがってくれ」

宮子と鈴子は靴を脱ぎ、仏壇前まで進んだ。

遺影の中の玄斎は、赤い頬をして微笑《ほほえ》んでいる。懐《なつ》かしい笑顔に接すると、寂しいはずなのに顔がほころぶ。線香を立てて鈴《りん》を鳴らすと、厳《おごそ》かな音が響き渡った。その音が吸い込まれて消えるまで、宮子は手を合わせ続けた。

足音に振り向くと、寛太が紙袋を持って入ってくるところだった。

「供え物のお下がり、持って帰ってもらってもいいか。香典《こうでん》返しは別に送ってあるから」

祖父母宅に届けたものと同じ紙袋を、宮子の横に置く。鈴子の前には別に小さな紙袋と本を置いた。

「鈴子ちゃん、前に借りてた漫画、遅くなってごめんな。おもしろかったよ。やっぱ宇宙ものはいいよな。それと、いただきものだけどお菓子の詰め合わせ」

「ありがとう。他にもオススメのがあるから、今度うちに来てよ」

寛太が「それはぜひ」と微笑む。今度は、宮子の方を向いて言う。

「大学、受かったってな。おめでとう」

屈託《くったく》のない笑顔に思わず胸が高鳴り、「ありがとう」の声がうわずってしまった。

「寮に入るんだって？　また妙なのに取り憑《と》かれ《つ》ないよう、気をつけろよ。人がたくさん集まる場所には、人以外のものも寄ってくるからな」

そう言って寛太が、小さな布袋を取り出して宮子の前に置いた。

「餞別《せんべつ》だ」

中には、男性用の片手数珠《かたてじゅず》が入っている。

「元は老師のものだからな。お守りと思って、持っておけ」

使い込まれた鉄刀木《たがやさん》の数珠は、年月の分だけ重みがあるように感じた。

「でも、玄斎様からいただいた大事なものなんでしょ？　私がもらうわけには……」

寛太が笑ってさえぎる。

「俺は、老師からもう十分すぎるくらいいただいた。だからそれは、初めての友達が幽霊だったり、動物霊に憑依《ひょうい》されたりしてた、誰かさんが持ってた方がいいのさ」

ひどい、と笑いながら、数珠を左手首に通した。男性用だから宮子には少し大きい。

「じゃあ、ありがたく頂戴《ちょうだい》する。大事にするね。……そうだ、新しい住所、教えてよ」

覚えていないから転居届を送ると言われたが、宮子は「今調べてきて」と食い下がった。寛太がしぶしぶ部屋を出ていく。

「お姉ちゃん、珍しく粘ったね」

鈴子が小声で言う。別に住所を訊《き》くくらい不自然ではないはず、と自分に言い訳をしながら、宮子は布袋をバッグにしまった。かすかに白檀香《びゃくだんこう》のにおいがする。

寛太が戻ってきて、住所を書いたメモ用紙を宮子の前に置いた。鈴子も覗《のぞ》き込《こ》み、声をあげる。

「奈良市内になったんだ。よかったね。電車で三十分くらいだし、また前みたいにうちにも来てね。絶対だよ」

寛太が「そうだね」と答える。彼は戒《かい》により嘘《うそ》をつけないから、いつかは三諸教本院《みむろきょうほんいん》を訪れてくれるはずだ。

窓の外が薄暗くなってきた。

「そろそろ帰った方がいいんじゃないか。夜の山道は、初心者には厳しいぞ」

「そうそう。お姉ちゃんの運転、すっごくひどいんだよ」

鈴子がちゃかす。けれども、ただでさえ自信のない山道を、暗い中帰るのは怖い。

「じゃあ、失礼するね」

後ろ髪を引かれながら、宮子は庵《いおり》を出た。寛太が門まで見送ってくれる。

「立派な神職になれよ」

少し離れた位置から、寛太が言う。お互いに引っ越してしまったら、なかなか会えなくなる。だからその顔を記憶に焼きつけておきたいのに、薄暗くてよく見えない。

喉《のど》がきゅっと締めつけられて出ない声を、宮子はようやく振り絞った。

「あの……いろいろ大変なのは知ってるから。一人で抱え込まないで、何かあったら……何もなくても、話してほしい。私も関わらせてほしいの。その……」

あなたの人生に。ちゃんと関わらせてほしい。

一瞬真顔に戻った寛太が、宮子のなけなしの勇気をかわすかのように、わざとらしく片眉をあげて苦笑する。

「他人より自分の心配しろって。また危ない目に遭《あ》ってビービー泣いてるんじゃないかって、俺はお前の方が心配だよ」

「ちょっと、私がいつビービー泣いたのよ！」

むきになって反論すると、寛太が愉快《ゆかい》そうに笑った。今日の彼は、珍しくよくしゃべるし、よく笑う。控訴審《こうそしん》以来、表情をなくしたような顔をしていたのに。

心配になっていると、寛太が穏やかな顔で言った。

「ん。気遣ってくれて、ありがとな。管長《かんちょう》さんにもよろしく伝えてくれ。……本当に暗くなるぞ、早く帰れ」

それじゃあ、と会釈《えしゃく》をする。

言えなかったことや訊《き》けなかったことがたくさんあるのに、それらを視線に織り込んで彼を見つめることしかできない。握手だけでもできれば、少しは伝わるかもしれないのに。何もかもがもどかしくて、胸が苦しい。

鈴子の手前、諦めて後ろを向き、石段を下り始める。

ふと、背中に視線を感じた。宮子が振り向くと、石段を一段だけ下りた寛太と目が合う。彼は思い直したかのように段を戻り、背を向けながら片手を軽くあげて、門の中に入ってしまった。

何か言いたいことがあったのではと不安になって、宮子は心の中で寛太に呼びかける。明日には、ここから下りてくるんだよね？　戒を解いて普通の生活に戻るんだよね？

車に乗って、ヘッドライトを頼りに曲がりくねった山道を慎重に下りる。坂が終わり、吉野川《よしのがわ》にかかる長い橋を渡って国道に入ると、ここからは平坦《へいたん》な広い道路だ。

赤信号で停《と》まると、山道運転の緊張から解放された宮子は大きなため息をついた。

「ねえねえ、お姉ちゃん。ずっと気になってたんだけど、その数珠《じゅず》さ」

ハンドルを持つ宮子の左手を指さし、鈴子が嬉《うれ》しそうに言う。

「婚約指輪の代わりだったりして」

思いがけない言葉に、「へ?」と間の抜けた声が出た。

「日本の仏教では、結婚式のとき、指輪の代わりに数珠を交換するんだって。だから、女性に数珠を贈るってのは、指輪を贈るのと同じ意味なんじゃないの?」

鈴子がにやにやする。青信号になったのを幸いに、視線をそらして車を発進させた。

暖房のせいか頬がほてる。浮かれてしまわないよう、つとめて冷静な声で宮子は答えた。

「それはないと思うよ。だって、まだ清僧《せいそう》でいるのを諦めてなかったもん。物の受け渡しも、畳に置いてからだったし」

そう、彼はまだ諦めていなかった。いっそ指輪でもくれるような、生を謳歌《おうか》することを怖《おそ》れない人だとよかったのに。

「明日には里へ下りるんだから時間の問題だよ。そこさえクリアすれば、寛斎兄ちゃんは、絶対お姉ちゃんに気があると思うな」

わずかな期待に心臓が高鳴る。宮子は、自分に言い聞かせるようにつぶやいた。

「ううん、それもない。だって、鈴ちゃんのことは『鈴子ちゃん』って呼ぶけど、私のことは『お前』としか言わないもん」

一拍置いて、鈴子が笑い出す。

「それは、お姉ちゃんが寛斎兄ちゃんのことを名前で呼べないのと、同じ理由じゃん」

再び赤信号につかまり、ブレーキをかける。時計を見るふりをして、左腕の数珠を見つめた。本当はいつだって、彼の名を呼びたいのだ。

いつか自然に名前を呼べるようになる。近いうちにきっと——。

帰宅して食事を終えると、宮子は運転の疲れから居間でうとうととした。二階の自分の部屋にあがる気力もないので、そのまま横になる。あっという間に睡魔《すいま》にさらわれ、眠りに落ちていく。

夢の中でも、宮子はまどろんでいた。

背後に誰かの気配を感じる。振り向こうとするのだけれど、どうしても体が動かない。

この気配は、よく知っている。これは。

——元気でな。

寛太の声がした。

「待って！」

自分の声で目が覚める。

体を起こし、あたりを見回す。見慣れた自宅の居間には、他に誰もいない。時計は十時半を指していた。お湯を流す音がかすかに聞こえてくる。父が風呂《ふろ》に入っているらしい。

妙に生々しい夢だった。嫌な予感がする。

宮子は携帯電話を取り出し、庵《いおり》の番号にかけた。しかし、呼び出し音は鳴るのに誰も出ない。

「お姉ちゃん」

振り向くと、鈴子が居間に入ってきた。

「部屋でうたた寝してたら、夢に寛斎兄ちゃんが出てきた。……お姉ちゃんを頼むって」

手から携帯電話が滑り落ちた。

あわてて拾い上げた拍子に左腕の数珠が目に入る。

これは、指輪の代わりなんかじゃない。

形見のつもりだったのだ――。

居間に置きっぱなしにしていたコートとバッグをつかみ、玄関から靴を取ってくる。父に気づかれないよう、勝手口から出るつもりだった。

「お姉ちゃん」

鈴子が険しい顔でこちらを見ている。

「鈴ちゃん。……私、行かなきゃ！」

きっぱりと言うと、鈴子は鍵かけにかかっていた車のキーを黙って差し出した。受け取って、勝手口へと急ぐ。

「お姉ちゃん、しっかりね」

小声で見送る鈴子にうなずいて見せ、宮子は駐車場へと走った。鳥居を出ると、立ち止まって「どうか間に合わせてください」と念じながら社殿の方へ一礼する。再び走り出しながら、寛太も必ず一礼していたことを思い出す。

車に乗り込んだ宮子は、夜の道路へと飛び出した。

焦《あせ》る気持ちをなだめながら、吉野へと南下する。空には妙に大きな満月が出ていた。

月が満ちる。力が満ちる。玄斎の四十九日法要を終えて、寛太が庵《いおり》で過ごす最後の夜。

そうだ、禁じられた行法を行えるのは、今日をおいて他にはない。

――俺にも、呪い殺したい奴《やつ》がいてな。

あのときの言葉を、彼が実行に移す日が来てしまった。そんな日が来ませんようにと恐れ、折に触れて調伏法《ちょうぶくほう》のことを調べていたというのに、自分はまた見落としてしまった。

今日の別《わか》れ際《ぎわ》、やはり彼は言いたいことがあったのだ。もしかしたら気づいてほしかったのかもしれない。すぐ引き返して、彼に向き合っていれば……。

なんとか間に合って、と祈りながら、宮子は車を走らせる。

敵を呪うための「調伏法」は、現代ではもはや修されることは少ないが、昔は源頼朝《みなもとのよりとも》や武田信玄《たけだしんげん》、上杉謙信《うえすぎけんしん》など名だたる武将が、戦の前に僧侶に行わせていたという。

調伏された相手は、運を失い、病気になったり事故に遭ったりして、悲惨《ひさん》な末路をたどると言われている。

ただし、人を呪わば穴二つ、という諺《ことわざ》にもある通り、犯人を呪詛《じゅそ》するなら寛太もまた無事ではいられないだろう。そもそも個人的な願いを叶えるために修してはいけない法だし、もし玄斎から調伏法を正式に伝授されていないのなら、無間地獄《むげんじごく》行きに等しい越法罪《おっぽうざい》だ。

寛太が闇の中へ落ちていく姿を想像して、思わず身震いする。

——絶対に止めないと！

吉野川にかかる大橋を渡り、山道へ差しかかる。他に車はおらず、宮子は反対車線に飛び出しながらカーブを曲がり、ようやく門前町に着く。庵《いおり》への石段が見えてきた。

空きスペースへ飛び込むように車を停《と》める。間もなく日付が変わろうとしていた。

乱暴に車のドアを閉めると、宮子は庵《いおり》への長い石段を駆け上がる。

四年前、寛太に背負われてのぼったときは、ずっとこのままだったらいいのにと思っていた。けれども今日は、早く早くともつれそうになる足を叱咤《しった》している。

ようやく門の前へとたどり着いた。息が切れて、思わず咳《せ》き込《こ》む。

脇の通用口を開け、身をかがめて中に入る。不気味なほど明るい月光の中で、庭に咲く白梅がひっそりと佇《たたず》んでいた。

その静寂の中に、真言《しんごん》を唱える声が流れてきた。——寛太だ。

宮子は足音を立てないよう近づき、そっと入り口の戸を引いた。

隙間から室内の様子を窺《うかが》う。左側の板の間に護摩壇《ごまだん》が組まれ、その前に行者装束《ぎょうじゃしょうぞく》を着た寛太の後ろ姿が見える。

炉には火が揺らめいていた。木の燃え具合や炎の勢いからすると、点火してまだ間もないようだ。目を凝らして炉の形を確認する。息災法《そくさいほう》なら円《まる》い炉というように、行法によってどの形の炉を使うかが決まっているからだ。

——三角の炉。

指先から血の気が引く。

三角の炉を使用するのは、調伏法。つまり、敵を呪う行法をしている証拠だ。

「だめ！」

思わず声をあげ、宮子は戸を開けて中に入った。

靴を脱ぎ捨て、バッグを放り出し、寛太の顔が見える位置に回り込む。結界である五色《ごしき》の壇線《だんせん》の向こうで、炉の炎がパチパチと音を立てた。

「お願い、まだ間に合う。調伏なんてやめて！」

半眼で真言を唱え続ける寛太の顔が、揺らめく炎に照らされる。

「犯人を呪い殺しても、お母さんは喜ばないし、お父さんの心が完全に晴れるわけでもない。玄斎様だって悲しまれる」

宮子には目もくれず、寛太は祈願文《きがんもん》の書かれた護摩木を炉にくべた。炎が生き物のように形を変え、天井に向かって激しく先を尖《とが》らせる。

護摩木のそばには、犯人の氏名と生年月日が書かれているであろう人形《ひとがた》があった。新聞記事をコピーしたらしい犯人の写真も。

自分の言葉の無力さ、虚《むな》しさを思い知る。いや、宮子自身にもわかっていた。

寛太はそんなことは百も承知なのだ。少年のころから毎日悩み、師僧玄斎に慈悲の心を育てるよう教えられ、厳しい修行を続けることで心をコントロールしようとしてもなお、理屈ではどうしようもない、行き場のない想《おも》いが、彼をそうさせるのだ。

血まみれの床で母親の亡骸《なきがら》の隣に座る寛太。犯人逮捕の報を聞いて「殺してやる」と包丁を持って駆け出した寛太。山伏装束《やまぶししょうぞく》で裁判を傍聴《ぼうちょう》し、無言で合掌一礼する姿。父親の心の闇に気づき、何ごとかを誓ったその唇。

それらが業火《ごうか》となって燃え盛り、印を結んで真言を唱える彼の背後に見えた。

止められない。

一瞬ひるんだが、すぐに思い直す。

彼が地獄に堕《お》ちるのを、黙って見ているわけにはいかない。

絶対に、彼を引き戻さなくては！

宮子は護摩木をくべる寛太の手をつかもうとした。が、その手は素早く引っ込められてしまう。

一瞬、寛太と目が合った。その眼《め》は吊《つ》り上《あ》がり、黒目には炎が映し出されている。

彼が素早く印を切り、宮子に向かって気を放った。

とたんに、宮子は糸が切れたように床へ崩れ落ちる。

全身の力が抜けてしまい、起き上がることはおろか、指先すら動かせない。

視線だけで寛太を見上げる。

彼はこちらを一瞥《いちべつ》すらせず、真言を唱え続けている。

動きたいのに、頭と体がバラバラになってしまったように、体の動かし方がわからない。

宮子は術に抗《あらが》うのをやめ、呼吸に意識を集中させた。吸います、吐きます、と念じながら、その通りに息をする。だんだん意識と体がつながってくる。

そのまま精神統一し、足に力を集めた。一瞬だけなら動けるだろう。

寛太が新たな印を結ぶ。

あれは、加持《かじ》の本尊をお迎えする印形だ。勧請《かんじょう》してしまえば、完全に手遅れになってしまう。

いよいよ勢いを増す炎を見やる。この火を消しさえすれば、行法は成り立たないはずだ。

それなら方法は一つ――炉の中に飛び込めばいい。

心臓が暴れ出すのをなだめ、炉との距離を慎重に測る。炎を腹に抱え込んで酸素がいかないようにすれば、火は消えるだろう。

覚悟を決めると同時に、父や鈴子、直実《なおみ》の顔が浮かんだ。死んだ母や沙耶《さや》、玄斎の顔も。

あれはいつだっただろうか、野外で採燈護摩《さいとうごま》を修し終えた玄斎の顔の皮膚が、熱でめくれていた。あわてて宮子が塗り薬を取ってくると、玄斎が言った。

『行者はな、心の中に火を焚《た》くんじゃ。護摩の炎は、言ってみれば増幅装置みたいなもんじゃよ』

炉の炎の奥に、黒い火が生まれ始める。

――違う。……これは、本物の火じゃない。

宮子は、視線を護摩壇から寛太へと移した。

――炎は、こっちだ！

溜《た》め込《こ》んだ力を振り絞り、宮子は両足で床を蹴って、寛太へと飛びかかった。

こちらに気づいた寛太が、目を見開く。

しかし、彼は決して印を解くことなく、真言を唱え続けている。

宮子はその手をつかみ、印を解こうとした。が、手甲《てこう》越しに触れる彼の腕は頑健《がんけん》で、びくともしない。

飛びかかった勢いと宮子の体重が、すべて寛太へとかかる。

床に倒されたにもかかわらず、彼は印を結んだまま真言を唱えることをやめない。

——その真言を唱えてはだめ！

宮子は寛太に覆いかぶさり、そして。

その唇を自分の口でふさいだ。

火熱で乾いた唇に触れた瞬間、宮子は体の内と外の両方から焼かれる感覚に、気を失いそうになった。体の中に侵入した火に、内臓を焙《あぶ》られているみたいだ。

寛太の心の内から生まれた炎が、彼自身を燃やし尽くそうとしている。

——お願い、鎮《しず》まって！

熱さと苦痛の中、宮子は懸命に水をイメージした。冷たい清流が炎を呑《の》み込《こ》むところを、つぶさに観想《かんそう》する。

火の勢いは苛烈《かれつ》で、水はすぐに蒸発してしまう。それでも宮子は、彼が炎に焼き尽くされてしまわないよう、自らが水となって包み込み続けた。

炎はだんだんと勢いを殺《そ》がれ、やがて細い火となり、水に沈んだ。

頬にひんやりとした空気が触れる。

炎が、消えた。

そっと唇を離し、寛太を見つめる。印を結んでいた彼の手はあっけなくほどけ、両肩の脇にぱたりと落ちた。

護摩の炎が消えて暗くなり、煙のにおいだけが漂っている。窓から入るわずかな月光が、彼の顔を照らしていた。

すぐそばにある寛太の目は、宮子を通り越して虚空《こくう》を見つめている。

何も映さない、虚《うつ》ろな瞳。

宮子はしきりに寛太の心を感じ取ろうとした。けれども、どこまで深く潜っても一切の感情が出てこず、虚無《きょむ》が広がるばかりだ。

これが「絶望」というものなのか――。

涙が溢《あふ》れ、寛太の頬に落ちる。

誰よりも彼の近くにいるのに、助けになれない。それどころか、悲願だった怨敵調伏《おんてきちょうぶく》の行を邪魔し、ずっと守ってきた清僧《せいそう》の誓いも破らせてしまった。

彼を絶望させた張本人は、自分なのだ。

思わず口にしそうになった「ごめんなさい」という言葉を、宮子は必死で呑《の》み込《こ》んだ。

謝るな、謝ってはいけない。彼を止めたことは、絶対に間違っていないのだから。

言葉を失ったまま、宮子は寛太の目の奥を見つめ続けた。焦げくさい煙が漂い、時間が確かに流れていることを告げる。

突然、寛太の目の焦点が戻った。

厳しい表情で唇を引き結び、両手で宮子の肩をつかむと、脇へ押しやる。体が離れると、寛太は素早く身を起こし、土間へ飛び降りて外へと走り去った。

追うことができなかった。

彼が出ていった戸の向こうを、宮子は茫然《ぼうぜん》と見つめる。耐えきれずに嗚咽《おえつ》の声がこぼれた。

込み上げてくる感情を抑えきれずに頭を掻《か》きむしったとき、指先に違和感を覚えた。

我に返り、自分の髪を確かめる。

ポニーテールに結わえていた宮子の長い髪が――燃えてなくなっていた。

髪ゴムは取れ、焦げて縮れた毛先が手に当たる。かろうじてベリーショートと言える程度の髪しか残っていない。寛太が褒めてくれた髪だったのに。

行法を止めた代償《だいしょう》に、取られたのだ。

煙がくすぶる護摩壇を振り返る。あそこから出現するはずだったもののことを思うと、恐ろしさで今さら体が震えてくる。

手の震えを止めるため右手と左手を握り合わせると、左手首から数珠《じゅず》の玉が落ちてパラパラと床に散った。いつの間にか通《とお》し紐《ひも》が切れている。寛太からもらったばかりの、元は玄斎のものだった片手数珠。

――玄斎様が、守ってくださったのだ。

反射的にそう思った。だから、髪の毛程度ですんだのだ。

――ちょっと待って。私が髪の毛を取られたのなら、彼は？

宮子は弾《はじ》かれたように、寛太を追って外へと飛び出した。

ひっそりとした青い庭に、動くものの気配はない。門の通用口を出て、石段を見下ろす。

月明かりに照らされたその途中に、黒い靄《もや》の塊《かたまり》がある。

大きさはちょうど、人間ぐらい。

転がり落ちそうな勢いで走り寄る。蛇のような靄に巻きつかれ、うつ伏せに倒れているのは、寛太だった。

「やめて！」

宮子はありったけの光の粒を、靄に向けて放った。

靄は黒い大蛇《だいじゃ》となり、寛太の体から離れて空中に逃げていく。その隙に、宮子は彼を抱き起こした。

月光に照らされたその顔を見て、宮子は悲鳴をあげた。

寛太は、大量に吐血《とけつ》していた。

顎から胸にかけて、黒く血濡《ちぬ》れている。石段にも血だまりができていた。

あわてて脈と息を確認する。どちらもかすかだが、反応はあった。まだ生きている。

救急車を呼ぶため庵《いおり》へ戻ろうとした。が、頭上で黒い蛇が、寛太に喰《く》らいつこうと隙を窺《うかが》っている。そばを離れることはできない。

宮子は彼を背負い、石段をのぼり始めた。

首に回した腕をしっかりとつかみ、一歩一歩踏みしめる。その重みに、太ももがわななき崩れ落ちそうになる。少年のころは、肉付きの薄い骨ばった体だったのに、今は腕回りも太く、厚みのある硬い胸をしている。いつの間にこんなに逞《たくま》しくなったのだろう。

あの時は、彼がずっと背負って助けてくれた。

今度は自分が寛太を守る。何が何でも。

《おい、娘。儂《わし》と取り引きしないか》

黒い蛇が宮子の前に回り込み、話しかけてくる。

《その男、どうせ長くはもたん。儂にその体をくれ。外側だけはきれいに残してやるぞ》

宮子は無視して石段をのぼり続けた。大方、この辺りにいる妖《あやかし》だろう。気を失ったのに付け込んで、寛太の体を乗っ取ろうというのか。

今度は、足元から声が聞こえた。別の黒い靄が目を光らせている。

《娘、こっちと取り引きしろ。その男、生かしておいても、お前と睦《むつ》みおうてはくれんだろう。存分にかわいがってやるぞ。もちろん、その男の姿でな》

下卑《げび》た笑い声が聞こえる。

宮子は無言で、光の粒を四方に向けて放った。靄たちがひるんで遠のく。

《気の強い娘だな。だが、その男の命はもうすぐ尽きる。儂と取り引きした方がいいぞ。よく考えろ》

聞こえないふりをして、宮子は門の前までたどり着いた。いったん寛太を下ろし、狭い通用口の中からその体を引き入れる。

庵《いおり》まで、あとわずか。今にも折れそうになる膝に力を入れ、宮子は入り口から土間に入り、板の間に彼の体を寝かせた。

転がったままのバッグから携帯電話を取り出し、一一九番にかける。応答した職員の冷静な声に促されて、寛太の状態と庵《いおり》の住所を伝える。

電話を切ると、宮子は土間に座り込み、安堵《あんど》のため息をついた。

「もうすぐ救急車が来るから。それまでがんばって」

寛太を覗《のぞ》き込《こ》む。だが、その顔にはすでに死相が浮かんでいた。

「いやぁ！」

宮子は両手で彼の頬に触れた。冷たく、張りがない。呼吸を確認しても、途切れ途切れに浅い息をしているだけで、今にもこと切れてしまいそうだ。

「目を開けて。お願いだから」

顔を撫《な》でさすり、泣きながら呼びかける。

宮子は土間に座り、彼の上半身を抱き起こして自分にもたれさせ、しっかりと手を握った。白い浄化の光を作り、つないだ手から寛太の中へと送り込む観想をする。血管の中に入り込んで心臓を動かし、傷ついた内臓を修復するところを、つぶさにイメージした。

「お願い、生きて。生きて。生きて」

宮子の肩に寄りかかる寛太の顔に、変化はない。救急車はまだかと歯嚙《はが》みする。

――神様、お願いです。彼を助けてください！

玄斎にも助けを求める。「死ぬのが不幸だと思うのは、傲慢《ごうまん》というものじゃよ」という玄斎の言葉が浮かんだが、宮子は彼に生きていてほしいのだ。どうしても。

宮子は自分の生命力を光の玉に変え、寛太の中に何度も送り込んだ。

根気よく続けていくうちに、底のない闇へ沈みかけている寛太の魂《たま》の緒《お》をつかんだ気がした。その手ごたえを、必死でつなぎ止める。

――もう離さない。絶対に。

救急車のサイレンが近づいてくる音をかすかに聞きながら、そこで宮子は意識を失った。


目が覚めると、白い天井が広がっていた。

「気がついたか」

父が横に座って、こちらを見ている。

間仕切《まじき》りのカーテンや消毒薬のにおいで、自分が病院のベッドに寝ているのだとわかる。

窓の外はすでに明るい。宮子《みやこ》は弾《はじ》かれたように起き上がった。

「寛太《かんた》君……じゃなくて、寛斎《かんさい》さんは？」

昨夜のことが悪い夢ならいいのにと、自分の頭に手をやる。しかし、指先に触れるのは縮れた短い髪だ。煙と血のにおいが、かすかに鼻をつく。

気を失う前にちらりと見えた、底なしの闇。

――まさか。

泣きそうになりながら父を見つめ、宮子は返事を待った。父が、小さな溜《た》め息《いき》をつく。

「手術は成功したよ。出血性胃潰瘍《いかいよう》だそうだ。まだ眠っている」

無事だと聞いて、宮子は上半身を折って布団《ふとん》に顔をうずめた。

「よかった」とつぶやきながら顔をあげた宮子を、父が険しい顔で見ている。

「なぜ、私に相談しなかった」

今までに聞いたことのない、厳しい口調だった。息が詰まり、言葉が出なくなる。

「庵《いおり》へ行って後片付けをしてきた。このことは、一生お父さんの胸にしまっておこう」

父には寛太の心の闇を知られたくなかった。胃を握られたような痛みが走る。

「先に私に言っていれば、もう少しましな解決法があったものを」

宮子は消え入りそうな声で詫《わ》びた。

「ごめんなさい。気が動転して、とにかく早く止めに行かなきゃって思って……」

「宮子はいつもそうだ。何でも一人で抱え込んで、一人で解決しようとする。もっと周りを信頼しなさい。寛斎君のことは、小さいころから知っている。私だって気にかけているし、力になりたいと思ってるんだ」

父は右手で目を覆《おお》い、うなだれた。

「無事でよかった。宮子まで失うことになったら、私は……」

父が声を詰まらせる。

改めて見た父の頭は、いつの間にか黒髪より白髪の方が多くなっていた。まだ四十代なのに、急に年老いたように見える。肩幅も、記憶していたよりも狭い。

小さいころは、背が高く姿勢のいい父を、いつも見上げていた。そびえる大木のように揺るぎない、頼れるものと思っていた。弱々しい父を目の当《ま》たり《あ》にして、自分の行動がどれほど心配をかけたのかを思い知る。

「お父さん、ごめんなさい」

堪《こら》えきれず、宮子は涙をこぼした。もしも修法を止めきれなくて、二人とも炎に呑《の》まれてしまっていたら。

ごめんなさい、ごめんなさいと繰り返し、顔を覆う。

「すんだことは仕方ない。頼むから、もう心配をかけないでくれ」

父の声が静かに響く。「はい」としか言えず、宮子は頭を下げた。

足音がして、カーテンから祖母が顔を覗《のぞ》かせた。

「宮ちゃん！　ああ、よかった」

祖母が駆け寄ってきて、宮子の背中をさする。

「おばあちゃん、ごめんなさい」

止まりかけていた涙がまた溢《あふ》れ出す。祖母の手が、頭をやさしく撫《な》でてくれる。

「自慢の髪がこんなことになってしもうて。……ほら、帽子買《こ》うてきたから、かぶっときなさい」

スースーして落ち着かなかった頭が、フリース素材の帽子のおかげで温かくなる。涙を拭きながら礼を言い、宮子は帽子を耳の下まで引っ張って、そのぬくもりを味わった。

「あの行者《ぎようじや》の男の子は、まだ寝てたで。穏やかな顔してたわ」

寛太の無事を聞き、心底ほっとする。

すぐにでも様子を見に行きたいが、異常がないか問診を受けるため、待つことになった。着ていた服は寛太の血と焼け焦げでぼろぼろだったので、祖母が持ってきてくれたジャンパーを羽織って、病室を出る。

結局、宮子の診断結果は「一過性のストレスで異常はない」とのことで、入院なども不要だった。

やっとのことで寛太がいる病室に向かったときには、もう昼を過ぎていた。

救急用の個室なので、他に入院患者はいない。彼の父は海外出張先のトラブルで二日も足止めされていて、病院への到着は明日の朝以降になるらしい。

アイボリーのカーテンを通すやわらかな太陽光の中で、寛太は眠っていた。

輸血と点滴の管がつながれている左腕の内側が、紫色に腫《は》れ上《あ》がっているのが痛々しい。

以前見た、自分で切りつけたらしい古傷が白く盛り上がり、消えることなく残っていた。

看護師に状態を訊《き》きに行った父が、戻ってくる。

「もうとっくに麻酔は切れているんだが、まだ目が覚めないそうだ。感受性の強い人には、稀《まれ》にあるそうだが」

たぶん、目覚めたくないのだ。

彼の寝顔は、口元が笑っているようにすら見える。幸せな夢を見ているのかもしれない。

無理にでもこの世に引きとめたのは、間違いだったのだろうか。

そろそろ帰ろうと促す父に、宮子は彼の目が覚めるまで付き添うと言い張った。反対されたが、祖母が「私も一緒に付いてますんで」と助け舟を出してくれた。

神社を長く留守にできないため、バイクを祖父母宅に預け、宮子が置き去りにした車でしぶしぶ帰る父を、宮子は申し訳ない気持ちで見送った。

祖母に背中をぽんとたたかれる。

「なに、気にせんでもええで。『子ども叱るな来た道だもの』ってな」

祖母と一緒に、寛太を見守る。

しばらくすると兄弟子の仁斎《じんさい》が、着替えや洗面道具、タオルなど、入院に必要なものを持って様子を見に来てくれた。

「老師《ろうし》が亡《な》くなられる前から、様子がおかしかったからな。一人で溜め込むタイプだし、もっとこっちが気を配っていれば……。庵《いおり》を出なければいけないことも負担だったんだろう。気の毒なことをした」

眠り続ける寛太の顔を覗き込みながら、仁斎が言う。ここからは自分が付き添うと申し出られたが、宮子は「お仕事もおありでしょうし、私が看《み》ますので」とやんわり断った。

「じゃあ、お言葉に甘えさせてもらおうかな。私は帰って、病気平癒《へいゆ》の加持《かじ》を修《しゅう》するよ。……宮子ちゃん、寛斎の目を覚ましてやっておくれ」

そう言って荷物を置いて帰る仁斎を、祖母と共に見送る。窓の外は夕陽《ゆうひ》が差していた。

「ほな、おばあちゃんは明日の朝来るやってん」

付き添いの手続きを取り、夜食や飲み物を差し入れて、祖母も帰っていく。

消灯時間には少し早いが、宮子は電気を消し、ギイギイと鳴る付き添い用簡易ベッドに正座した。

寛太の右手を布団《ふとん》から出し、両手でしっかりと握る。

頭の中に白い光の玉をイメージし、手を通して寛太の中へと入り込ませていく。

やわらかな闇の中に光が落ちるのと同時に、宮子は深い眠りについた。

目の前に、大きな川が広がっている。

もしかして三途の川《さんずのかわ》？　と思ったけれど、鉄筋の大きな橋が架かっているし、向こう岸の山や民家には見覚えがある。これは、吉野川《よしのがわ》の河原だ。

視界の位置がいつもより低いことに気づき、宮子《みやこ》は自分の手を見た。まだ小さく、大人になっていない手だ。

川に近づいて水鏡で姿を確認すると、小学校高学年のころの自分が映っている。

その顔が急に揺らめき、さざ波に掻《か》き消《け》された。揺らぎは不自然な動きを見せ、水が液体金属のようにうねうねと伸び始める。

あ、と思ったときにはすでに、それは鎌首をもたげた蛇の形となっていた。その目が宮子を捉え、鋭く光る。

逃げようとした瞬間、蛇が跳びかかってきた。

悲鳴をあげ、頭を手で覆《おお》って伏せる。が、何も起こらない。

気配を感じて見上げると、少年が透明な蛇を手づかみにしている。

小学生の寛太《かんた》だ。

無造作だけれど清潔感のある短髪で、一瞬誰かと思ってしまった。スポーツブランドのパーカーとデニムを、すっきりと着こなしている。

寛太が、川の中央に向かって蛇を放り投げた。

「水妖《すいよう》だ。この辺は、ああいうのが多いからな」

怖い顔をしていた寛太が急に笑顔になり、宮子の横にしゃがみ込む。

「お前もあれが見えるのか。俺と一緒だな。歳《とし》の近い奴《やつ》では、初めてだよ」

笑うと目が線のように細くなり、目尻に少し皺《しわ》ができる。本来はこういう笑い方をする子だったのだと思うと、切なくなった。

「俺、須藤《すどう》寛太。六年生だ。お前は？」

「柏木《かしわぎ》宮子。私も六年生」

「同い年か。よろしくな」

夢の中の寛太は、よくしゃべった。

小さいころから妖《あやかし》が見えるので、母の実家近くにある玄斎《げんさい》の庵《いおり》に出入りしていること、本当は大阪《おおさか》に家を買って引っ越すはずだったが、どうしても嫌だとごねて、奈良《なら》県内にとどまったこと。

「絶対よくないと思ったんだ。俺の勘は当たるんだぜ」

自慢げに言う寛太は、心の底から嬉《うれ》しそうだ。そうだね、と宮子は複雑な思いで相槌《あいづち》を打つ。

彼は、質問もよくしてきた。どこに住んでいるのか、吉野《よしの》にはよく来るのか、見えることで苦労していないか。

「見たくないものを見たり、周りに変人扱いされたりして、つらいだろ。お前も玄斎様のところに来いよ」

背後からの足音に振り向くと、寛太とよく似た顔つきの女性が近づいてきた。ウェーブのかかった髪と、大きな瞳。ニュースで写真を見たことがある、寛太の母だ。

「あらあら、寛太。かわいい子をナンパしてるのね」

母親にからかわれて、彼は「いや、そんなんじゃないって」と照れくさそうに言った。

「そろそろ帰ろうと思ったけど、もうちょっといるわね。ごゆっくり」

寛太の母が、少し離れた父親のところへ戻っていく。二人して「がんばれ」とでも言うように、拳を突き上げたり手を振ったりしている。両親共に笑顔で、暗い影は微塵《みじん》もない。

寛太も苦笑しながら「冷やかしはやめろって」というジェスチャーを返している。

「なあ、今度いつ吉野に来るんだ？　俺さ、来月の祭りで行列に参加するんだ。お前のこと見つけたら、手を振るからさ」

じゃあそのときに、と言うと、寛太は「約束だからな」と念押しして、両親の元に走っていった。

法螺《ほら》の音が聞こえた気がして振り向くと、いつの間にか川は消えて道路になっている。奴行列《やっこぎょうれつ》に続いて山伏《やまぶし》やお稚児《ちご》さんたちが、宮子の前を横切っていく。

その中に、寛太がいる。稚児山伏の装束を着た彼を目で追っていると、向こうも宮子に気づき、目を細めて笑いながら手を振ってくれた。

場面は次々と変わり、時間が過ぎていく。

宮子はよく妖にからかわれ、そのたびに寛太に助けられた。「しょうがない奴だな」と言いつつも、彼はどこか嬉《うれ》しそうだった。思春期になるとさすがに距離を置かれると思ったが、彼は変わらず「ちょっと調子のいい明るい男の子」で居続けた。

高校受験の合格発表の日、宮子は直実《なおみ》と抱き合って互いの合格を喜んでいた。後ろから声をかけられて振り向くと、寛太が手に持った受験票を得意げに見せてくる。

「俺も香具山《かぐやま》高校、合格したぞ！　落ちたらカッコ悪いから言わなかったけどさ。死ぬほど勉強したんだぜ」

学ランを着た寛太と机を並べ、高校生活が始まった。

登校すると彼は決まって「柏木《かしわぎ》ィ、今日のリーダーの予習、写させてくれよ」「数学の宿題、わかんなかったから教えてくれよ」と声をかけてきた。毎日言うものだから、直実から「宮ちゃん、婿殿《むこどの》が呼んでるよ」とからかわれるようになってしまう。

どこにでもいる普通の男の子として寛太は生き、高校三年生を迎えた。

卒業式の日、宮子は寛太と二人で教室にいた。

前の席に座る寛太が宮子の机に肘をつき、覗《のぞ》き込《こ》むように見上げてくる。伸びた前髪が眉にかかっていた。

「柏木ィ。お前、伊勢《いせ》の大学の寮に入るんだってな。玄斎様の庵《いおり》にも来られないのかよ」

門限までに帰ればいいから少しだけでも法話会に顔を出すよ、と答えると、寛太が目を細めて笑った。

「よかった。俺は京都《きょうと》の大学だから、そういう機会がないと会えないもんな」

寛太が上半身を起こし、真顔になって宮子に向き直る。

「なあ、柏木。……これからは、名前で呼んでいいか？」

視線が絡《から》み合《あ》う。心臓の音が、彼に聞こえてしまいそうなくらい高鳴る。

「うん」と消え入りそうな声でうなずくと、寛太が照れくさそうに頭を掻《か》いた。

「じゃあ、早速。……宮子」

「うん」

「宮子」

「何よ」

「呼んでみたかっただけだ」

照れを隠すように、二人で笑う。

「俺のことも、名前で呼んでくれよ」

寛太が、眉をあげて目で促す。

いつだって名前で呼びたかった。ようやくそれが許される関係になれるのだと思うと、鼻の奥がつんとして目がうるんでしまう。

宮子は万感の想《おも》いを込めて、口を開いた。

「じゃあ。……寛斎《かんさい》さん」

寛太が目を見開き、息を呑《の》んだ。眉根を寄せ、みるみるうちに鋭い三白眼《さんぱくがん》に戻ってこちらを見ている。

「……なんだよ、その名前。俺はそんな名前じゃない」

寛太が立ち上がり、頭を抱える。

「俺は寛太だ。そんな名前は知らない」

教室の窓が、一斉にガタガタと鳴る。

「どこで間違えたんだ。こんなはずじゃなかったのに」

地鳴りがしたかと思うと、床が激しく揺れ始めた。机や椅子が動き回る。ぴしぴしと音がして、教室の四方の壁に亀裂《きれつ》が入り始めた。

「嫌だ、帰りたくない！　あっちが夢なんだ。ここにいさせてくれ」

窓ガラスが激しい音を立てて割れ、黒板や木の壁も、剝片《はくへん》となって落ちた。剝《は》がれた部分には、漆黒の闇が広がっている。世界が壊れていく。

宮子は立ち上がって、寛太の両肩をつかんだ。

「あなたが寛太君でも、寛斎さんでも、誰であっても、そばにいるから！　……それしかできないけど、そばにいるから。私が」

寛太が怯《おび》えた目で見つめてくる。その顔がゆがんだかと思うと、彼は膝を折って崩れ落ち、叫び声をあげた。背筋がぞくりとするような、哀《かな》しい咆哮《ほうこう》だった。

その声に呼応するかのように壁がすべて崩れ落ち、天井も消え去る。床が端から順に、砂時計の砂が落ちるように闇の中へ吸い込まれ、机や椅子が音もなく視界から消滅する。

宮子はかがみ込んで、寛太を抱きしめた。彼までも消えてしまわないように。

肩越しに、彼が泣いている。

七年間、ずっとこぼせずに溜《た》まっていた涙が流れていく。泣きながら、彼が宮子に抱きすがる。加減を忘れた腕の力の強さに、息が詰まり骨が折れそうになった。

床がなくなり、虚空《こくう》へと放り出される。

落ちているのか昇っているのかもわからない。何も見えない中、抱き合ったお互いの感触と息遣いが道しるべだった。

昔、彼に背負われたことを、そして自分が彼を背負ったことを思い出す。あのとき、相手の体のぬくもりが服の上から感じ取れることに、生きてそばにいてくれることに、心の底から安心したものだ。

——ここにいる、私はここにいるから。

闇の中でお互いの体温を馴染《なじ》ませていると、彼の感情が宮子の中に次々と入り込んできた。怒り、憎しみ、母親の不条理な死に対する苛立《いらだ》ち、そして深い悲しみ――。怒濤《どとう》のように流れ込んでくるそれらを、宮子は必死で受け止め続けた。

救いを求める心と自棄《じき》の心の間でせめぎ合う寛太のために、宮子は闇の中に白い光をちりばめ明かりをともした。

――光を。もっと光を。

闇をすべて照らすには、光はあまりに微弱で足りそうもない。それでも彼の道しるべとなるよう、宮子は小さな光をともし続けた。

どれくらいそうしていただろう。寛太が少し身体《からだ》を離し、左の手のひらを上にして胸の前に掲げた。吸い寄せられるように光が集まってきて、彼の手の上で白い花を形作る。

白い光の花が宮子へと差し出された。

うっすらと見えた彼の表情が凪《な》いでいることに安堵《あんど》し、宮子も笑顔を向けてその花に触れる。

闇が消えることはないけれど、二人でなら、お互いに道を照らしながら歩いていけるのかもしれない。

寛太が小さくうなずいて言った。

「……帰ろうか」

白い光の花がはじける。

何枚もの花びらがきらめきながら散華《さんげ》し、二人をまばゆい光で包んだ。

目が覚めると、宮子は彼の手を握ったまま、ベッドにもたれかかっていた。

朝日が彼の顔を照らす。見開かれたその目に涙が一筋、素早く流れて枕に消えた。

彼がゆっくりとこちらを向き、口を開く。

「……宮子」

宮子は泣きながら微笑《ほほえ》んだ。

「お帰りなさい、寛斎さん」


手術の翌朝、彼の父親が病院に到着した。

知らせを聞いてから眠っていないのだろう、血走った目と憔悴《しょうすい》しきった顔が痛々しい。

そんな父親に、寛斎は心配をかけたことを詫《わ》びた後「パジャマの下はおむつなんだぜ。みっともないだろ」と冗談を言って笑わせようとした。

が、彼の父はベッドの脇に座ると、ぼろぼろと泣き始めた。

「親父《おやじ》、……ごめんな」

真顔に戻った寛斎が、うつむいたままの父親をじっと見つめる。

しばらく無言のままでいる親子を、宮子《みやこ》は廊下からそっと見つめて立ち去った。

二日目には車椅子ではなく自分の足で動けるようになった寛斎は、重症者用個室から大部屋に移動して付き添いも不要になり、「これも修行だ」と洗濯も自分でしている。同室の患者たちの苦労話や悩みをじっくりと聞いて寄りそう姿は、玄斎《げんさい》を思わせた。

宮子は、神社の手伝いの後、毎日のように寛斎を見舞いに行った。

最初はばつが悪いのか、内視鏡で喉《のど》を痛めているにもかかわらず、寛斎は沈黙を埋めるようにしゃべり続けていた。けれど今はあまり会話をしなくても、宮子と一緒にいること自体を楽しんでくれている。

面会時間ぎりぎりになると、仕事を切り上げた寛斎の父が見舞いにやってくる。

以前に比べると、頬骨あたりのやつれ方や、ぎすぎすした感じがましになっていた。宮子があいさつすると、ぎこちなく笑顔を返してくれる。

「あの、……いつも息子を気にかけてくれて、ありがとうございます。一言、お礼を言いたくて」

駐車場に向かおうとする宮子に、追いかけてきた寛斎の父が声をかけてきた。

宮子は立ち止まって寛斎の父と向き合う。

「妻が死んで以来、私たち親子はずっと苦しんでいます。私自身、自らを生ける屍《しかばね》としか思えませんでした。……けれども、息子が緊急手術を受けたと聞いて肝《きも》が冷えました。あの子までどうにかなったらと思うと、気が気じゃなくて」

寛斎の父が語る言葉に、宮子はじっと耳を傾けた。

「私が生ける屍のままでは、あの子もちゃんと立ち直れない。今回のことで、ようやく目が覚めました。少しずつ、後ろを振り向かずに前を向けるようがんばりますので、どうか息子のことをよろしくお願いします」

年下の宮子に対して敬語で話す彼の父は、出会ったころの寛斎がそうだったように、自分の感情を隠すための壁を作っているように感じられる。宮子は慎重に言葉を選んだ。

「後ろは、振り向いてもいいと思います」

不思議そうな顔で、寛斎の父がこちらを見る。

「大切なご伴侶《はんりよ》でありお母様なのですから、これからも一緒に生きていかれるのがいいと思います。笑ったり、楽しんだり、おいしいと思ったり、そういうことをご家族三人で、少しずつ増やしていかれてはどうでしょうか」

宮子自身も母親を亡《な》くし、その心の穴が埋まることはない。けれどもそれを抱えつつも、亡き母に語りかけながら生きるのが日常になっている。病死と他人に殺された死を比べることはできないが、大事な人を無理に思い出さないようにする必要はない。

「……差し出がましいことを言って申し訳ありません」

我に返った宮子は、深々と頭を下げた。感じ方や罪悪感の持ち方は人それぞれなのに、余計なことを言ってしまった。

「そんなことはありませんよ。『過ぎたことをいつまでも』とか『早く忘れて』とか言われる方が、少なくとも私にとってはつらい。……一緒に生きていく、なるほど。気難しいあの子があなたには心を開いている理由が、わかったような気がするよ」

そう言ってやわらかな笑みを浮かべる寛斎の父を、宮子はこっそり霊視した。以前見た黒い靄《もや》は、もういないようだ。

一日だけ、宮子の父が「今日は私が寛斎君の見舞いに行くから、宮子は外してくれ」と言った日があった。帰宅した父に何を話したのか聞いても「男同士の話だ」の一点張りである。翌日、寛斎に同じことを訊《き》いても、やはり「男同士の話だから秘密だ」と言われてしまった。なんとなく、自分が聞いてはいけない話なのだな、と宮子は察する。

手術から七日目に、寛斎は退院することができた。

宮子は退院祝いとして、麻紐《あさひも》を通した翡翠《ひすい》の勾玉《まがたま》を選んだ。

勾玉は、鉤《かぎ》の部分が魂《たましい》をつなぎとめる役割をすると言われている。彼の魂がどこかに行ってしまわないように、そんな思いで贈った品だ。宮子の母の形見と似たものを選んだので、ちょっとしたおそろい気分もあったりする。

「翡翠も麻も、魔除《まよ》けに効果があるんだって」

宮子が言うと、寛斎は麻紐を首に通し、勾玉を指先で撫《な》でた。

「ありがとう。大事にする」

そう言った後、彼は「もう危ないことはしないから、心配するな」と付け足した。

寛斎は父親に付き添われて、仁斎《じんさい》や信者のところへあいさつ回りに向かい、終わり次第吉野《よしの》を離れて新しい生活を始める。玄斎の知人の寺で寺務員をしながら、通信制大学で勉強をするそうだ。

門前町への坂をのぼっていく親子を見送りながら、宮子は家路についた。


いよいよ家を離れて大学の寮へ入るという前日、宮子《みやこ》は直実《なおみ》と一緒に書店めぐりをした。

事の次第は伝えていたが、帽子で隠していた宮子の短すぎる髪を見て直実は絶句した。

「そこまでするなんて、宮ちゃん、よっぽどあの子のことが好きなのね。ちょっと妬《や》けるかも」

現実主義者の直実には「護摩壇《ごまだん》の火が燃え移ってしまった」とだけ説明してある。行を止めた代償に取られたと言っても、絶対に信じないだろう。

けれども、それでいい、と宮子は思っている。

「少なくとも中二のときからってことは、もう五年以上片想《かたおも》い？　いやそれ両想《りょうおも》いだよね。あの子絶対、宮ちゃんの気持ちわかってるよね？」

直実に詰め寄られ、宮子は苦笑いでかわしたが、さらに畳みかけられる。

「例の異性に触れないナントカはやめたんでしょ？　だったら付き合っちゃいなよ！　も

う告白した？」

「ううん、告白とか、付き合うとか、はっきりとは言ってないけど……」

この感情がいわゆる恋愛なのかと言われればそうかもしれないけれど、言葉では表すことのできない複雑なつながりのような気もする。ただ、「恋人」という形を取ることで、彼にとって宮子が「つなぎとめるもの」になるなら、それでいいと思う。

「これが他の子だったら、ちゃんと言質《げんち》取るべし！　って言うけど、宮ちゃんとあの子なら、まあ……大丈夫かな」

直実が宮子の背中をバンバンとたたく。

県内には書店が少ないので、大阪まで出て大型書店と古本屋街を二人で回り、重みで肩が抜けそうなほどたくさん本を買った。

あともう一軒付き合って、と直実に連れてこられたのは、おしゃれな帽子屋だった。

「かわいくて値段も手頃なお店でしょ。お母さんが教えてくれたの」

近所のショッピングセンターでいちばんましな帽子を買ったものの、オバサンぽくて正直気分があがらなかったのだ。

「直ちゃん……ありがとう、大好き！」

直実にも見立ててもらい、宮子は若草色のキャスケットを買った。かぶってみると、髪も隠れるし顔色も明るく見える。これなら新生活も晴れやかな気分で送れそうだ。

「宮ちゃん、ゴールデンウィークは帰ってくるの？　積もる話もあるだろうし、会おうよ。帰らないなら私が伊勢《いせ》まで行くし」

帰《かえ》り際《ぎわ》、当たり前のように次のお誘いをしてくれる直実に、宮子は嬉《うれ》しくなった。

「会おう会おう！　もちろん連休は帰るつもりだよ。寮は規則が厳しいらしいから、早くも家が恋しくなってそうで、今から心配なんだ。ホームシックのあまり『大和《やまと》は国のまほろば……』とか山に向かって独り言《ごと》言ってるかも」

「井寺池《いでらいけ》のとこにある川端康成《かわばたやすなり》書の歌碑《かひ》の一節だよね。元ネタはヤマトタケルだっけ」

「そう。倭建命《やまとたけるのみこと》が伊勢の地で、故郷の大和を偲《しの》んで詠《よ》んだ歌。大和は素晴らしいところだなあ、って懐《なつ》かしんでるの」

まほろばってそういう意味だったんだ、とつぶやいて直実が言う。

「宮ちゃんにとっても、故郷の奈良が『まほろば』だよね。家族も、カレシもいるし」

からかうように肘で小突いてくる直実に、宮子も肩を軽く当てる。

「親友の直実様もいるしね」

信じるものや考え方が違っても、相手を尊重することが大事なのだと、直実に教えられた。無二の親友に出会えてよかった、と宮子は思う。

次の連休に会う約束をし、「お互いがんばろうね！」と言って笑顔で別れた。

帰宅してから、家族で少し豪華な夕食をとる。

明日、自分はここを旅立つのだ。不安になってしまう気持ちを抑え込もうと、宮子はいつも通りにふるまった。

風呂《ふろ》に入って居間を覗《のぞ》くと、父が日本酒を飲んでいる。

「珍しいね、お父さんが家でお酒を飲むなんて」

宮子はテーブルの角をはさんで隣に座った。

「地酒をいただいたんでな。味見だよ」

杉玉《すぎだま》の絵が描かれたラベルの瓶《びん》を持ち、宮子は父に目で促した。父が残っていた酒を飲み、冷酒用のグラスを差し出す。宮子が酒を注ぐと、父は飲まずに両手で持った。

「娘を持つと、寂しい思いをするもんだな」

しんみりした口調に、宮子はわざと明るく言った。

「寮に入るのは二年間だけだし、卒業したら、お父さんと一緒にこの神社で奉職《ほうしょく》するんだから」

父は酒を一気に飲み干した。宮子が二杯目を注ごうとすると、手で蓋をする。

「いや、もうやめておこう。明日も早いしな」

父は立ち上がり、台所へ行って酒瓶をしまうと、グラスを洗った。

「宮子」

戻ってきた父に声をかけられる。次の言葉を待ったけれど、しばらくの沈黙の後「今日は早く寝なさい」と言われただけだった。

父の気持ちをなんとなく察しながら、自室に戻った宮子は寛斎《かんさい》からもらった数珠《じゅず》を握る。バラバラになってしまったのを拾い集めて、修繕《しゅうぜん》に出したのだ。

大丈夫、大丈夫。そう自分に言い聞かせて、宮子は眠りについた。

翌朝、宮子はいつもより早く起き、念入りに社殿の掃除をした。その後、鈴子《すずこ》と一緒に自宅もていねいに磨き上げる。

御霊舎《みたまや》の前に正座して背筋を伸ばすと、母の遺影に語りかけた。

「お母さん、行ってくるね。お父さんと鈴ちゃんをお願いします」

宮子はもう、幼いときのように母親の幻影を創《つく》り出《だ》したりはしない。けれどもこの先も、亡《な》き母に話しかけ、一緒に生きていくのだろうと思った。

父と鈴子が、玄関まで見送ってくれる。

「では、行ってまいります」

宮子は若草色のキャスケット帽を取って、一礼した。

「しっかり学んでおいで」

紫の袴《はかま》を着けた父が言う。父のようになれるまで、どれほどの努力と年輪が必要なのだろう。「はい」と答える声に、力が入った。

「お姉ちゃん、元気でね。ゴールデンウィークには帰ってきてね」

鈴子が寂しげな顔をする。

「もちろん。鈴ちゃん、家事の負担が増えてごめん。よろしくね」

まかせといて、と鈴子が胸をたたく。宮子はもう一度礼をし、玄関を出た。

引き戸を閉めて一人になる。この家を離れたくない気持ちが頭をもたげるのを振り切るように、宮子は歩き出した。

社殿の前で深々と頭を下げて、感謝と決意を心の中で述べる。

神門《しんもん》を出て、宮子は一足一足踏みしめながら、参道の砂利道を歩いた。

一の鳥居をくぐると、改めて深く礼をする。

物心がついたときから毎日くぐっていた、年月を感じさせる木製の明神鳥居《みょうじんとりい》。名残惜しげに見上げていると、声をかけられた。

「宮子」

植え込みのそばに、寛斎が立っていた。

黒いジャケットを羽織り、帽子をかぶっている。宮子は自分のみすぼらしい髪を思い出し、あわててキャスケットをかぶった。

「びっくりした。……神社に来てくれればよかったのに」

白いシャツを着た胸元には、翡翠《ひすい》の勾玉《まがたま》が見える。

「まだ管長《かんちょう》さんに会わせる顔がないんでな。後日改めて、ごあいさつに伺《うかが》う」

寛斎が近づいてきたかと思うと、キャスケット帽のつばに手をかけて持ち上げた。見られたくなくて宮子が焦《あせ》っていると、彼は申し訳なさそうな顔をして、髪の短さを確かめるように頭を撫《な》でてきた。

「長くてきれいな髪だったのにな。……すまない」

寛斎が入院していたときはずっとフリース帽をかぶっていたので、この頭を見られることはなかった。彼も気にしていたが、宮子は決して帽子を取らずに「気分転換に散髪したら失敗した」と言い張っていたのだ。

宮子は帽子を取り返して、隠すようにかぶる。彼の手の温かさがまだ頭に残っていて、心臓の高鳴りを抑えられない。

「やだ、謝らないでよ。髪なんてすぐ伸びるんだから。……それを言ったら、私こそ」

あの夜のことを思い出し、宮子は恥ずかしくなって「もうお互い言いっこなしってことで」と目をそらした。

気まずい空気を変えるように、寛斎が少し高めの声で言う。

「駅まで送る。三輪駅《みわえき》と桜井駅《さくらいえき》、どっちから乗るんだ」

ＪＲ三輪駅は歩いて五分の距離だが、私鉄の桜井駅までは三十分以上かかる。宮子はとっさに「桜井駅」と答えた。

じゃあ、と寛斎が歩き始める。今までの癖で少し離れると、彼が横に立った。

「もう清僧《せいそう》はやめたんだから、隣を歩けよ」

いいの？ と訊《き》いてから、いいも何も、やめさせた張本人は自分だったと思い至る。

「求道《ぐどう》は、半俗でもできる。俺は、あまり験力《げんりき》を持たない方がよさそうだしな。……中《ちゅう》途半端《とはんぱ》に戒《かい》を破ったみたいで情けないから、その件はもう言ってくれるな」

うん、とうなずいて、宮子は寛斎と歩調を合わせた。

すぐ隣に彼の存在を感じる。それだけのことが、とても嬉《うれ》しい。

「仕事は明日からだし、今は家事をみっちりやってるんだ。やっぱり食事は大事だな。弁当を持たせて、晩飯も栄養のあるものを無理やり食べさせたら、親父《おやじ》も元気になってきた。もう少し回復したら、吉野《よしの》で瞑想《めいそう》や奥駈《おくがけ》に一緒に参加させようって思ってる」

「そっか。お父さん、この前お会いしたときは大分顔色がよくなってたし、やっぱり息子がそばにいると嬉《うれ》しいんだね」

車が通らない旧街道を並んで歩く。「弁当に煮物を入れると汁が垂れるのはどうすればいい」と訊《き》かれたので「とろろ昆布を敷いておけばいいのよ」と答えると、感心された。

「そうだ、寛斎さんって、食べ物は何が好きなの？」

隣を覗《のぞ》き込むように訊《たず》ねると、寛斎は間髪《かんはつ》を入《い》れずに答えた。

「羊羹《ようかん》」

「やっぱりそうなんだ。また天平堂《てんぴょうどう》の羊羹を差し入れするよ」

「天平堂のも好きだけど……いつだったか、手作りの丁稚羊羹《でっちようかん》を差し入れしてくれたよな。あれ、うまかったよ。さっぱりした甘さで」

もう何年も前のことだ。覚えていてくれたことが嬉しい。

「またいつでも作るよ。今度会うときに持っていく。……って、会ってくれるのよね？」

わざと訊《たず》ねてみると、彼は少し顔を赤くして「そりゃあ、まあ」と口ごもった。

坂道をあがると、橋が見えてきた。この一帯は三輪山《みわやま》を囲むように二つの川が流れている。川に囲まれたところは神域とされており、昔は墓を建てることができなかったそうだ。

「出口橋《でぐちばし》」の銘を見て、宮子は生まれ育った三輪の地を出ていこうとしていることを改めて感じた。

橋の半ばまでくると、今まで民家の間からしか見えなかった三輪山が全貌を現した。自然の山なのに整った円錐形《えんすいけい》をした神体山《しんたいさん》だ。

その御山《おやま》の頂上に、巨大な光の柱が立っていた。

視点を切り替えていないのに、虹を内包した光が天に向かって伸びているのが見える。いつもの比ではないくらい、強烈な光だ。

あまりの畏《おそ》れ多《おお》さに、宮子はあわてて帽子をとった。寛斎もほぼ同時に帽子をとり、御山に向かって深々と礼をする。

恐る恐る顔をあげる。まばゆい光に圧倒されたのか、隣で寛斎が「すごいな」とつぶやいた。

宮子は背筋を伸ばして手を合わせ、心の中で祓詞《はらえことば》を唱えた。

――諸々《もろもろ》の禍事《まがごと》罪《つみ》穢《けがれ》有《あ》らむをば　祓《はら》え給《たま》い清め給《たま》えと白《まを》す事を聞こし食《め》せと　恐《かしこ》み恐《かしこ》み白《まを》す。

今は明るくふるまっているが、寛斎が長年抱えてきたものが解決したとは思っていない。まだまだ彼にとっても彼の父にとっても、長い時間が必要なのだ。

彼らの心に差しかかる黒いものが少しでもなくなるよう、喪失《そうしつ》を抱えながらも光を感じられるよう、宮子は神々に祈念《きねん》した。

宮子は寛斎と顔を見合わせ、再度御山に向かって深く頭を下げた。

光の柱を心に刻みつけ、帽子をかぶって歩き出す。

同じものが見えているというのは、特別で、そして嬉《うれ》しいことだと思った。

出口橋を渡りきる。これでしばらくは、三輪の地とお別れだ。

宮子は、歩きながら御山の方を振り返った。高架に阻《はば》まれて、その姿が見えなくなる。

道はやがて交差し、赤信号につかまる。

立ち止まった寛斎の左手を、宮子はそっと握った。

彼がちらりとこちらを見る。宮子が微笑《ほほえ》むと、寛斎は手を握り返し、ぎこちなく微笑み返してくれた。

強烈な光でないと、彼を救えないと思っていた。けれども、雨だれが石を穿《うが》つように、人の手のぬくもりのような些細《ささい》なことでも、頑《かたく》なな心を溶かすことができるかもしれない。たとえ小さな光でも、彼の道を照らし続けよう。いつの日か、彼がまほろばと思える場所へと至れるように。

信号が青になり、二人は前を向いて歩き始めた。

（了）

まほろばの鳥居《とりい》をくぐる者《もの》は

2021年6月30日　初版発行

著者　芦《あし》原《はら》瑞《ずい》祥《しょう》

装画　遠《えん》田《た》志《し》帆《ほ》

発行者　青柳昌行

発行　株式会社　KADOKAWA
〒102-8177　東京都千代田区富士見2-13-3
（ナビダイヤル）0570-002-301

装丁　bookwall

印刷・製本　凸版印刷株式会社

●お問い合わせ
https://www.kadokawa.co.jp/（「お問い合わせ」へお進みください）
※内容によっては、お答えできない場合があります。
※サポートは日本国内のみとさせていただきます。
※Japanese text only

定価はカバーに表示してあります。

本書は、カクヨムに掲載された「かけまくもかしこき」を改題・加筆修正したものです。

ISBN978-4-04-736663-3　C0093